Pauline à l'école des fées

Tome 1

IMAGINAIRE

Mot de l'éditeur

Evidence Editions a été créée dans le but de rendre accessible la lecture pour tous, à tout âge et partout. Nous accordons une grande importance à ce que chacun puisse accéder à la littérature actuelle sans barrière de handicap. C'est pourquoi nos ouvrages sont disponibles en format papier, numérique, dyslexique, malvoyant, braille et audio.

Tout notre professionnalisme est mis en œuvre pour que votre lecture soit des plus confortables.

En tant que lecteur, vous découvrirez dans nos différentes collections de la littérature jeunesse, de la littérature générale, des témoignages, des livres historiques, des livres sur la santé et le bien-être, du policier, du thriller, de la littérature de l'imaginaire, de la romance sous toutes ses formes et de la littérature érotique.

Nous proposons également des ouvrages de la vie pratique tels que : agendas, cahiers de dédicaces, Bullet journal, DIY (Do It Yourself).

Pour prolonger le plaisir de votre lecture, dans notre boutique vous trouverez des goodies à collectionner ainsi que des boxes livresques disponibles toute l'année.

Ouvrir un livre Evidence, c'est aller à la rencontre d'émotions exceptionnelles.

Muriel Bell

Pauline à l'école des fées

Tome 1

(Seconde édition)

Couverture : **Maïka**

Publié dans la **Collection Imaginaire**
Dirigée par **Pauline Monsarrat**

Chapitre 1

La vie de Pauline

Il était une fois...

Ce matin du 5 janvier, il faisait très froid. Pauline marchait dans la neige. Elle n'avait que treize ans, et n'était pas une enfant comme les autres. Elle était très courageuse, car sa mère, gravement malade, ne pouvait plus subvenir à leurs besoins.

Elle travaillait dur pour survivre. Chaque jour, elle devait se rendre dans une fabrique de textile, où elle soulevait des tapis pesant plusieurs kilos. C'était une charge bien lourde pour elle, et elle souffrait du dos, mais ne se plaignait pas, sinon ce serait la porte, surtout que son embauche était illégale. Sans son salaire, elles auraient été jetées à la rue. Pour se parer du froid, elle mettait des pages de journaux dans ses chaussures, qui lui bouchaient aussi les trous faits par l'usure du temps. Un gros morceau de pain dans la poche de son tablier était accompagné d'un morceau de fromage, en guise de repas pour son déjeuner.

Encore une fois, elle avait accompli sa dure besogne. La journée achevée, elle reprit le chemin de sa demeure à une quinzaine de kilomètres, qu'elle effectuait deux fois par jour, à pied. Elle marchait péniblement dans la neige qui était tombée toute la journée, faisant un tapis sans fin.

Ses pieds, ses jambes lui faisaient terriblement mal, et ne la portaient plus. Ce fut alors qu'elle chancela. La route était sombre et déserte... pas une lueur... une simple lampe lui servait d'éclairage. Ce rythme de vie durait depuis deux ans. Elle n'avait pas de répit, pas de vacances, il lui fallait travailler toujours plus, les soins pour sa mère coûtant cher. Elle avait depuis longtemps abandonné ses jeux d'enfants.

Elle n'allait pas à l'école, mais aurait beaucoup aimé y aller, comme toutes les petites filles de son âge, et avoir des amies. Elle aimait se plonger dans les romans que sa mère possédait, car ils étaient truffés de belles histoires.

— Ce sont de vieux livres, lui avait-elle dit, ils m'ont appartenu lorsque j'avais ton âge, aussi, prends-en grand soin.

Son père les avait abandonnées alors qu'elle avait cinq ans, et elle ne l'avait jamais revu. Elle en rêvait quelquefois, mais ne se souvenait pas très bien de son visage. Seule une image lointaine lui restait, le jour où il lui avait rapporté une poupée.

Avant de tomber malade, sa mère travaillait avec lui à l'usine. Lorsqu'il avait disparu, Pauline l'avait questionnée, mais elle était restée évasive. Jusqu'au jour où elle était tombée sur une photo de sa mère avec un homme, elle lui avait demandé s'il était son père.

— Oui, lui avait-elle répondu.

— Comme il est beau ! Son sourire est magnifique ! Ses yeux sont-ils clairs ? On ne les distingue pas bien, la photo est un peu jaunie. Il a l'air d'un homme élégant, on dirait un prince.

— Oui, il l'était, avait commenté sa mère, avant...

Mais prise d'une quinte de toux, elle n'avait pu finir sa phrase. Pauline n'en avait pas appris davantage.

Pendant qu'elle poursuivait sa route, elle replongea dans ses pensées. Elle n'entendit pas la voiture foncer sur elle, le choc fut terrible, elle s'effondra sur la neige et perdit connaissance quelques instants. Lorsqu'elle ouvrit les yeux, elle ne comprit pas tout de suite ce qui lui arrivait, elle avait bien senti le choc, mais ne ressentait aucune douleur. Elle ne voyait rien, c'était le trou noir. Elle essaya de se lever, mais elle était comme paralysée. Au bout d'un moment, elle entendit du bruit, mais ne distingua rien.

Quand une petite voix murmura à son oreille.

— N'aie point peur, nous sommes venus t'aider. Ouvre bien grand tes yeux.

Pauline s'exécuta. Elle sentit un liquide couler dans ses yeux, et sa vue revint. Elle aperçut des silhouettes qui dansaient autour d'elle. Rêvait-elle ? Était-elle au paradis ? Aucune réponse pour la rassurer.

Puis, une petite fille surgit devant elle, entièrement vêtue de rose, pas très grande, elle devait avoir entre six ou sept ans.

— Bonjour, Pauline.

— Bonjour ! Qui es-tu ?

— Je suis Perrhy-Féerer, la descendante de la fée Myria-Bely. La connais-tu ?

— Non, où suis-je ? Que m'est-il arrivé ? J'aimerais bien savoir ? Peux-tu me le dire.

— Non, pas encore, il faut que je te connaisse mieux, avant que tu arrives à destination. Tu as plusieurs obstacles à franchir. Si tu y arrives avec succès, tu auras droit à trois vœux que ma grand-mère réalisera. Après, tu en apprendras plus…

— Mais toi, ne peux-tu pas m'aider ?

— Je n'en ai pas le droit, sinon je serai punie.

— Quels sont ces obstacles ?

— Voici un livre que tu dois lire en entier, tu y trouveras des indices. Je dois te quitter, il se fait tard, je te salue et amuse-toi bien.

Hi hi hi hi ! lança-t-elle avant de disparaître.

Pauline la regarda prendre son envol.

— Mais que dois-je faire et comment ?

— Tu dois lire le livre, et le moment viendra.

Elle regarda à droite, à gauche, mais ne vit personne, pourtant quelqu'un d'autre avait parlé, ce n'était pas la même voix.

— Où êtes-vous ?

Pas de réponse. Elle commençait à avoir peur. Une ombre glissa lentement autour d'elle, mais Pauline n'osa pas regarder. Elle serrait entre ses mains le livre que lui avait remis la petite fille. Elle désirait commencer sa lecture, mais le manque d'éclairage l'en empêcha. Elle chercha dans sa tête comment faire, quand, soudain, une bougie apparut avec une boîte d'allumettes.

Elle la prit, en craqua une qui illumina le lieu où elle se trouvait. Mais où était-elle ? Elle ne distinguait pas bien, avec ce faible éclairage. En ouvrant le livre, elle s'aperçut que les pages étaient blanches. Elle tourna et retourna les feuilles les unes après les autres, mais elles restaient toujours blanches. Un instant, elle ferma les yeux. Elle pensa qu'on s'était moquée d'elle. Soudain, une lueur jaillit dans son esprit, elle vit alors défiler les écritures et put commencer sa lecture.

***

Il était une fois, une petite fille, Diana. Elle vivait dans un beau château, auprès de son père et de ses sœurs. Elle savait qu'elle n'avait pas été une enfant désirée, car sa famille, après avoir eu deux filles, souhaitait ardemment un fils. Dès son plus jeune âge, elle s'était sentie frustrée. À son quatrième accouchement, sa mère et l'enfant moururent, c'était un garçon. Diana se sentait en quelque sorte responsable de ces morts, pourquoi n'était-elle pas née garçon ? Son père, malade, l'envoya vivre chez sa grand-mère. La vie de château venait de s'arrêter.

Sa grand-mère ne l'aimait pas beaucoup, elle la rendait responsable de la mort de sa fille. Son père mourut quelque temps plus tard. Elle lui fit alors faire toutes sortes de corvées, ne l'envoya pas à l'école, ne l'habilla que de haillons. Diana, qui avait été habituée à porter d'élégants vêtements, ressemblait à un vrai souillon. La petite fille grandit dans l'indifférence complète, sans amour. Le jour de sa majorité venue, elle quitta sa grand-mère qu'elle détestait. Avant de partir, elle lui dit :

— Lorsque le jour de ta mort viendra, tu verras ta fille, elle te parlera, te fera tous les reproches que tu mérites pour m'avoir traitée comme tu l'as fait, puis elle disparaîtra. C'est alors que commencera pour toi une éternelle recherche, car plus jamais tu ne reverras ta fille ni ton petit-fils.

Sa grand-mère se mit alors à pleurer, elle venait de comprendre qu'elle avait mal agi envers sa petite-fille. Puis Diana tourna les talons, et ne revint plus jamais la voir.

***

Elle poursuivit sa lecture, mais ne comprenait pas trop bien le rapport avec elle. Mais elle avait soif de connaître la suite.

***

Le jour où Diana apprit la mort de sa grand-mère, elle en ressentit une toute petite douleur, mais n'assista pas à ses obsèques. Le lendemain, elle se rendit sur sa tombe. Au fond d'elle-même, elle avait aimé sa grand-mère, elle avait été sa seule famille. Mais elle lui en voulait de ne pas lui avoir donné l'amour qu'elle avait chaque jour espéré ni l'éducation qu'elle aurait dû avoir. Elle reposait désormais auprès de sa fille. Elle adressa une prière à sa mère.

— Maman ! Où que tu sois, veille sur moi ! Je suis si seule, si perdue. À qui vais-je me confier ? Je n'ai que vingt ans et plus de famille.

Elle pleurait en silence, quand une lumière blanche vint l'éblouir.

— Ne pleure plus, belle jeune fille, viens avec moi.

Elle prit la main qui lui était tendue, et la suivit jusqu'à cette lumière. Puis la main la lâcha.

Diana avançait seule, elle se dirigeait vers cette lueur qui paraissait sans fin. Elle marchait dans la neige, mais où était-elle ?

Plus elle avançait, plus la lueur baissait. Elle aperçut une porte. Que pouvait-il y avoir derrière ? Pour le savoir, elle la poussa. Une douce mélodie résonna à ses oreilles, des voix d'une infinie douceur.

— Entrez ! lança une voix rauque.

Le son de cette voix la fit sursauter, elle était si différente des chants mélodieux. Elle entra sur la pointe des pieds, mais n'aperçut personne.

— Bonjour, Diana ! Tu viens de franchir un obstacle.

— Ah bon ! J'en suis heureuse. Mais où vous cachez-vous ? Je ne vous vois pas.

— Tu ne me verras jamais, tu sentiras ma main, et tu m'entendras. Prends-la, et suis-moi, d'autres surprises t'attendent ! Courage, tu y arriveras !

***

Pauline ferma un instant les yeux. Sa lecture la captivait, mais elle avait du mal à comprendre, qui était Diana ? Elle reprit sa lecture.

***

Diana tenait toujours la main de la dame, qui l'emmenait loin, très loin, dans un monde mystérieux. Elles entrèrent dans un immense château. Là, elle se retrouva dans une grande salle, où se trouvaient cinq petites filles, vêtues comme des princesses. Comme elles étaient belles. Elles avaient de magnifiques cheveux blonds et longs. Chose étrange, elles portaient toutes une baguette et, à son extrémité, une boule scintillante. Elles étaient assises devant un ordinateur géant, et semblaient surveiller des images qui défilaient devant leurs yeux.

— Mais où sommes-nous ?

— Tu es au château des fées. Ici, nous écoutons et regardons tout ce qui se passe sur la terre. Tu es dans notre royaume. Nous surveillons ce qui se passe en Europe et dans le monde. Chacune d'entre nous a une fonction bien précise.

Nous ne sommes que de petites fées, nos missions sont ici. Nous essayons d'apporter notre aide aux Terriens, en accomplissant de véritables miracles, tu vas en juger par toi-même.

— Viens, je vais te présenter Élodie, elle va te donner un exemple de ce que nous sommes capables de faire.

Diana prit place à ses côtés.

— Je surveille une voiture conduite par un jeune homme de dix-huit ans, il roule très vite, ils sont quatre à l'intérieur, il a un peu bu, et risque d'avoir un accident si je n'interviens pas rapidement.

Diana regardait de ses grands yeux bleus, ce qui se passait sur l'écran, elle n'en revenait pas, elle restait ébahie. Elle ne s'attendait pas à ce qu'elle voyait. Pour la première fois, elle assistait aux effets d'une baguette magique que la petite fée secouait énergiquement. Il en sortit une énorme lueur multicolore, qui aurait aveuglé tout un immeuble. Elle fut suivie d'un effroyable éclair, accompagné d'un scintillement de clochettes. La lueur encercla la voiture tout entière, ce qui la fit subitement changer de direction, alors qu'un trente-huit tonnes allait la percuter. Diana restait sans voix, elle était étonnée, stupéfaite, impressionnée par cette facilité, mais surtout par le pouvoir de ces petites fées.

***

Pauline aussi était impressionnée par cette lecture. Soudain, elle aperçut un château, des lumières dansantes l'entourèrent.

Elle avança lentement, tout en pensant à Diana.

Elle était seule dans cet endroit inconnu, elle n'avait pas une belle dame pour lui tenir la main. La nuit était sombre, les arbres autour d'elle lançaient des ombres terrifiantes. Elle avait peur, mais elle devait poursuivre sa route. La neige effaçait ses pas au fur et à mesure qu'elle avançait, il lui était impossible de faire demi-tour. Des sons... des bruits bizarres... sortaient de la nuit. Un bruit d'ailes la frôla... elle poussa un cri.

— N'aie pas peur, petite fille, je suis Sésame, le gardien de ces lieux. Que fais-tu seule, en pleine nuit ?

— Je dois me rendre au château, mais je ne sais pas où je suis, je crois que je me suis perdue.

— Non. Tu es sur le bon chemin, mais il te faut faire attention. Le pont est abîmé et vieux, il est glissant avec la neige, si tu tombes, tu ne reverras plus jamais la lumière.

— Merci, Sésame, je vais faire attention.

Elle l'avait juste aperçu. *C'est certainement une chouette ou un hibou,* pensa-t-elle. *Ils se ressemblent tous dans la nuit.*

Elle ne put poursuivre sa lecture, car elle n'avait plus d'éclairage. Seule la lumière du château brillait au loin. Elle arriva sur le pont, ses petits pieds nus dans ses chaussures trouées. Étonnamment, elle ne sentait pas le froid ni la fatigue, et n'avait pas mal au dos. Tout était différent, elle se sentait légère... légère... Elle était dans un autre monde...

Ses pieds glissèrent doucement sur la neige, elle devait faire attention à ne pas tomber dans un trou. Elle mit un long moment avant d'arriver devant la porte du château. Une lumière brillait, étincelait même. Elle s'assit un moment, prit son livre, car elle voulait connaître la suite.

***

Diana s'approcha des petites fées, elle leur demanda :

— Puis-je connaître vos prénoms ?

— Nous te les donnerons au fur et à mesure que nous te connaîtrons mieux, répondit celle qui l'avait conduite ici.

Cette dernière prit place devant un ordinateur. Diana trouva un siège vide devant un autre, elle s'y installa. Il était allumé, et les images défilaient devant ses yeux. Ce qu'elle vit la terrorisa, et elle se sentit impuissante devant cette vision. Un homme était en train de battre une petite fille, il avait ses mains autour de son cou, prêt à l'étrangler... La petite fille hurlait : « Maman... ! Maman... ! » Puis sa voix devint sourde, personne ne venait à son secours. Diana se mit à crier :

— Au secours, venez vite, cette petite fille est en danger !

Personne ne répondit. Les petites fées étaient toutes occupées, la tête dans leur ordinateur, elles semblaient ne pas l'entendre. Que pouvait-elle faire ? Comment intervenir ? Il fallait pourtant aller vite.

En se penchant, elle aperçut sur le sol une baguette, elle ressemblait à des fées. Elle s'en empara, l'agita, comme elle l'avait vu faire. C'est alors que le miracle eut lieu. La baguette jeta des millions d'éclairs multicolores, ils encerclèrent le méchant homme, qui lâcha aussitôt la petite fille, elle se dégagea des mains du monstre, et s'enfuit en courant.

Diana resta bouche bée, étonnée de ce qu'elle venait de réaliser. Elle venait de sauver cette petite fille d'une mort certaine.

— Oh ! Vous avez vu ? lança-t-elle. J'ai réussi à sauver la petite fille ! La baguette a réagi avec moi ! Comment cela se fait-il ?

C'est alors qu'une porte s'ouvrit.

— Chère Diana ! Tu viens de démontrer ton bon cœur, mais surtout tes capacités à devenir une fée. Désormais, tu vas faire partie de notre famille. Tu as en toi toutes les qualités de cœur et toute la noblesse d'âme pour devenir une bonne fée. Tu viens de nous en donner la preuve. Il va simplement te falloir apprendre certaines règles. Pour cela, tu auras comme professeur le grand maître de la magie, le professeur Zipper-fin.

Diana comprit qu'elle avait devant elle la reine des fées. Elle portait sur la tête une magnifique couronne qui scintillait de mille feux, comme sa baguette magique aux éclairs brillants. Elle était suivie par deux petites filles, deux petits garçons et par un homme affreux, qui ne pouvait être que le professeur. Il avait une barbe si longue que l'on aurait pu marcher dessus. La reine des fées était d'une extrême beauté.

Les petites filles qui l'accompagnaient étaient moins jolies, elles ne ressemblaient pas aux fées qui étaient dans la pièce.

Les deux garçons ressemblaient à des petits paysans. Ils étaient vêtus d'un pantalon de velours kaki, d'un pull gris et d'un chapeau noir rond. Elle répondit à la reine.

— Vous voulez dire que je suis moi aussi une fée ?

— Non, pas encore ! Tu en as les capacités, mais avant d'être une fée, il te faudra étudier. Tu as su réagir vite et bien, tu as accompli un miracle. Mais pour le moment, je ne peux te confier de missions, tu dois d'abord apprendre quelques règles. Désires-tu continuer ?

— Oh, oui, madame ! Je le veux.

Les deux jeunes garçons s'avancèrent vers elle. Ils ne possédaient pas de baguette. Ils prirent leur chapeau, y plongèrent la main, marmonnèrent une formule qu'elle ne comprit pas, en firent sortir un ordinateur, un siège de bureau et une baguette étincelante.

— Voici tes futurs instruments de travail, tu apprendras leur fonctionnement. Dans quelques jours, quand le professeur t'aura enseigné les règles, tu pourras t'en servir. Nous devons d'abord savoir laquelle va te convenir. Il y en a de plusieurs tailles, et de bois différents.

— Mais tout à l'heure, si je n'étais pas intervenue, que se serait-il passé pour cette petite fille ?

— Ne t'inquiète pas, ce n'était qu'un test. Si tu n'étais pas intervenue, Élodie, dont tu connais à présent le prénom, était prête à le faire. Tout ce qui se passe dans cette pièce est entièrement sous contrôle électronique, rien ne nous échappe.

***

Pauline s'arrêta de lire, car la lumière devenait de plus en plus faible. Elle referma son livre, se releva et commença à frapper sur la porte. Elle cognait... Boum... Boum... Elle se mit à crier...

— Hello ... Hello ... Y a-t-il quelqu'un ?

Mais personne ne vint lui ouvrir. Elle se souvint alors de sa rencontre avec Sésame, le gardien des lieux. Cela lui rappela un conte qu'elle avait lu où, en prononçant cette phrase : « Sésame, ouvre-toi ! », la roche s'était ouverte. Alors elle cria…

— Sésame ! Où êtes-vous ? Pouvez-vous m'aider ?

— Me voilà, petite fille, que désires-tu ?

— Il fait nuit… je frappe… je crie… mais personne ne vient m'ouvrir !

— Ne t'inquiète pas, je vais t'ouvrir cette porte, mais souviens-toi que ce sera la première et dernière fois, lança-t-il.

Puis il prononça :

— Je suis Sésame… ! Ouvre cette porte…

Dans un bruit infernal, un grincement incroyable, la grosse porte s'ouvrit.

— Merci, Sésame !

— Y a pas de quoi, Pauline.

Quand elle eut franchi la porte, ce qu'elle trouva derrière la stupéfia, c'était la copie de son village. Elle n'en croyait pas ses yeux, et ne comprenait pas. Comment est-ce possible ? Elle croisa même le boulanger, le boucher, mais ils semblaient ne pas la voir. Elle entra dans sa maison, comme si elle l'avait quittée la veille, mais l'intérieur était différent. Le décor n'était pas le même, une douce chaleur régnait, des bûches crépitaient dans la cheminée du salon. Ses yeux allaient de droite à gauche. Elle se rendit dans sa chambre, et celle de sa mère. Les meubles étaient bien cirés, les lits bien faits. Elle ne se posa pas de questions. Elle était fatiguée, et s'installa dans l'unique fauteuil, ouvrit son livre et poursuivit sa lecture.

***

Diana était dans une grande pièce. Devant elle, un grand écran de cinéma. Le professeur Zipper-fin lui dit :

— Tu vas voir défiler des images que tu me commenteras tout à l'heure. Il y a une chose que je tiens à te dire.

— Oui, laquelle ?

— Tu vois cette porte, tu ne dois jamais y entrer sans être invitée, sous peine d'être transformée en sorcière.

— En sorcière ! Mon Dieu !... Non, je n'en ai pas envie !

C'est alors que des images surgirent, sans paroles. Ce qu'elle voyait était impressionnant. Ce n'était que des images de drames et de catastrophes. Cela dura plusieurs minutes, pendant lesquelles il lui sembla être dans un film de science-fiction, alors que les images étaient bien réelles. Elles venaient de l'autre monde. Puis, tout s'arrêta...

— Voilà, maintenant à toi. Donne-moi tes impressions. Dis-moi ce que tu ferais devant de telles situations.

— En ce qui concerne les guerres, j'irais voir les présidents, je leur dirais : « Vous voulez la guerre ! Alors, voici deux revolvers chargés, vous faites quinze pas, vous vous retournez, et le premier qui tire et tombe a perdu, celui qui reste devra proclamer la paix dans les deux pays. »

— Très bonne réponse, car les fées ne doivent faire que le bien, jamais le mal !

— Oui, je suis bien d'accord, je suis pour le bien et la paix dans le monde.

— Tu as raison ! J'accepte ta réponse, elle recevra une très bonne mention, qui sera une première. Ta seconde réponse ?

— Pour éviter que ce torrent de boue ne déferle sur ce village, risquant de l'engloutir, j'ouvrirais la terre avec ma baguette, pour que l'eau et la boue s'écoulent !

— Très bon ! La suite...

— Je rendrais heureux tous les enfants du monde, pour qu'ils n'aient plus ni faim ni froid, que toutes les personnes mal intentionnées cessent de les exploiter, de les violer...

— Très bien ! Tu as répondu à tes trois questions. Je t'accepte au sein de notre groupe. Nous nous verrons demain, avec d'autres questions.

Puis il sortit de la pièce, la laissant seule.

La porte interdite était face à elle. Comme toutes les jeunes filles, elle était curieuse, la tentation était grande. Mais elle se rappela les paroles du professeur. Elle n'avait pas du tout envie de devenir sorcière.

Elle sortit de la pièce et referma la porte.

***

Pauline s'aperçut que c'était la fin du livre. Il n'y avait pas de suite, elle se sentit frustrée. Comment savoir ce qui était arrivé à Diana ? Elle avait beau ouvrir grand les yeux, tourner et retourner les pages, aucun écrit n'apparaissait, l'histoire s'arrêtait là. Elle devint tout à coup triste, lasse, fatiguée. Bien assise devant cette bonne cheminée, elle s'endormit.

Quelques heures plus tard, elle sentit une présence qui lui fit ouvrir les yeux.

Elle était encore un peu endormie, mais elle l'aperçut. Une lueur bleue venait d'envahir toute la pièce, suivie d'un nuage blanc qui la traversa. Quatre jeunes enfants en descendirent. Deux d'entre eux l'installèrent sur le nuage puis l'emportèrent.

Chapitre 2

Émouvante rencontre

Quand elle ouvrit les yeux, elle était couchée sur une douce couverture blanche, dans un lit à baldaquin. Elle chercha à identifier les lieux, mais ils lui étaient inconnus. Où se trouvait-elle ?

Elle regarda autour d'elle et découvrit une chambre immense. Elle n'en avait jamais vu d'aussi grande ni d'aussi belle. Un feu crépitait dans la cheminée. Il y avait une douce musique dans une ambiance tamisée. Tout était étrange, elle ne comprenait pas. Elle se leva et parcourut la pièce dans laquelle elle se trouvait. La musique donnait à ce lieu une étrange atmosphère. Il n'y avait personne pour la rassurer, mais ce fut de courte durée.

— Salut ! dit joyeusement une voix.

Pauline sursauta. Une petite fille venait d'entrer, portant dans ses bras une magnifique robe garnie de dorures. Elle la déposa avec grâce sur le lit. Elle était apparue si vite que Pauline ne comprit pas par où elle était entrée, car la porte était restée close.

— Tu as bien dormi ? lui demanda-t-elle.

— Oui, merci. Mais où suis-je ?

— Tu es au château des fées, chez notre reine Mirabella, c'est elle qui a décidé de ta venue.

— Elle a décidé de ma venue ! Mais comment ça ?

— Je ne peux te le dire, c'est la reine qui t'expliquera. Je vais te laisser, le temps que tu mettes ces vêtements, puis je te conduirai auprès de notre reine.

Pauline s'exécuta. Elle passa la robe qui lui allait fort bien.

Elle voulut se regarder, car elle n'avait jamais eu une si belle toilette, mais elle constata qu'il n'y avait pas de miroir. Une fois prête, elle s'assit sur le lit et attendit que l'on vienne la chercher. La petite fille revint. Elle la suivit.

Après avoir parcouru divers passages, elles arrivèrent dans une grande salle. Il faisait de plus en plus doux à mesure qu'elles avançaient. Soudain, la musique qu'elle entendit ressemblait à celle que sa mère avait l'habitude d'écouter sur son vieux phono. Elle ne se rappelait pas le titre, mais c'était la même, comme si des centaines de violons glissaient avec une infinie douceur sur leurs archets, en une caresse voluptueuse. Sa mère pleurait souvent après. Elles arrivèrent enfin devant la porte.

Lorsqu'elles entrèrent dans la grande salle, Pauline aperçut une superbe femme, une couronne dorée sur la tête, assise sur un trône tendu de toiles multicolores.

À la vue de Pauline, elle se leva, et s'adressa aux nombreuses jeunes filles et jeunes hommes qui étaient présents.

— Mes chers enfants, dit-elle d'une voix claire, soyez les bienvenus. Je suis heureuse de vous avoir réunis ce soir pour vous présenter une nouvelle venue.

Elle s'avança vers Pauline, lui prit la main, et l'invita à se joindre à elle. Puis elle frappa dans ses amis, et un spectacle féerique s'offrit à ses yeux. Des centaines de filles et garçons, vêtus de couleurs claires et scintillantes, valsaient avec souplesse et grâce sur une piste de danse garnie de formes magnifiques. Il n'y avait pas aucun musicien, la musique semblait venir d'un ailleurs que l'on ne pouvait définir. Au plafond, un lustre énorme, garni d'un millier d'ampoules, diffusait toutes les couleurs de l'arc-en-ciel.

La reine fit asseoir Pauline à ses côtés. Au fond de la salle, une longue table était recouverte de tulle blanc, garnie de plateaux argentés, contenant de nombreuses friandises, et d'autres plats. Une odeur agréable caressa ses narines. La reine frappa de nouveau dans ses mains, et aussitôt une petite fille portant un plateau s'avança vers Pauline.

— Prends, mon enfant, lui dit la reine.

Pauline, qui, comme toutes les petites filles, était gourmande, ne se le fit pas dire deux fois, en plus, elle avait très faim. Elle plongea sa petite main et attrapa une énorme meringue à la fraise.

Elle la savoura, tout en essayant de ne pas faire tomber trop de miettes. Lorsque cela arrivait, elles étaient aussitôt nettoyées, aspirées par de magnifiques oiseaux de toutes les couleurs, qu'elle n'entendait pas venir, car leurs ailes flottaient dans l'air.

Pauline s'aperçut que la reine la dévisageait, elle se mit à rougir.

— Chère enfant, tu as faim ! Viens, nous allons déjeuner dans la grande salle.

Elle la suivit, tout en jetant son regard sur ce joli monde, qui allait et venait d'une salle à l'autre, ne comprenant pas encore ce qui lui arrivait.

Après un souper succulent, composé de blancs de poulet et de petites pommes de terre sautées, elle se trouva rassasiée. La reine l'invita à la suivre dans son bureau. En entrant, elle vit un jeune garçon qui tenait une baguette, il la remit à la reine, puis disparut.

Comme tout est étrange, pensa-t-elle. Elle avait reconnu le garçon, vu quelque part, mais où ?

La reine la fit asseoir dans un fauteuil de velours, bleu et blanc.

— Nous devons parler toutes les deux, j'ai de nombreuses choses à te dire et à te demander. Te sens-tu prête à vivre avec nous, à accepter nos règles, quelles qu'elles soient ?

— Oui, madame !

Quels genres de questions va-t-elle me poser ?

—Tu es née à Paris... Tu as treize ans... Ta maman se prénomme Bernadette, elle est très malade, et tu ne connais pas ton papa. Ton nom de famille, le connais-tu ?

— Oui, madame, je m'appelle Pauline Samer.

— Si tu es ici aujourd'hui, ce n'est pas par hasard, c'est que nous t'attendons depuis ta naissance. Tu es aujourd'hui en âge de comprendre et de savoir pourquoi, il y a en toi des pouvoirs que tu ignores, et que nous allons t'aider à développer. Grâce à eux, tu deviendras une des plus grandes et des plus importantes fées que le monde de la féerie connaîtra. Avant cela, il te faudra suivre un enseignement qui, parfois, te paraîtra difficile et draconien. Mais je sais que tu auras la volonté, et le courage, d'affronter toutes les épreuves qui t'attendent. Ta vie ne sera plus désormais la même. Jusqu'à tes seize ans, tu resteras pensionnaire. Après tes deux premières années d'études, tu pourras aller sur la terre seule, pour y accomplir les missions qui te seront confiées.

— Merci, madame, je vais essayer d'en être digne. Me permettez-vous de vous poser une question ?

— Bien sûr, mon enfant.

— Vous qui êtes la reine des fées, pourquoi ai-je ces pouvoirs ? Pourquoi me connaissez-vous depuis ma naissance ?

— Je ne peux pas te répondre pour le moment, il est encore trop tôt, mais tu as ma promesse que lorsque le moment sera venu, tu connaîtras le secret de ta naissance. Maintenant, je vais te conduire auprès de tes futurs camarades.

— Elles ont aussi des pouvoirs ?

— Oui, elles aussi ont des pouvoirs, chacune différemment. Toi, tu les as tous, mais tu ne sais pas encore t'en servir, c'est ce que nous allons t'apprendre.

C'est ainsi que Pauline devint ce qu'elle avait toujours rêvé, être une élève, étudier pour savoir... Elle n'était jamais allée à l'école, et pourtant, elle savait lire... Elle avait une soif d'apprendre, comme si son corps, son esprit se développaient à la vitesse de l'éclair. La reine lui avait dit : « deux ans d'études ».

***

Après avoir passé la plus belle soirée de sa vie, elle s'endormit comme un bébé.

Le lendemain matin, une voix annonça qu'il était sept heures, qu'elle devait se lever. Pauline, surprise, regarda autour d'elle et la même mélodie se fit entendre. Elle venait d'un réveil magique, dont l'écran multicolore scintillait. Elle n'en avait jamais vu d'aussi beau, il n'était pas comme son vieux réveil qui la faisait sursauter dès qu'il se mettait à sonner. Celui-ci n'avait ni aiguilles ni heures inscrites.

La voix annonça de nouveau qu'il était sept heures et une minute, elle devait se lever.

Dans la salle de bains, elle trouva un miroir orné d'or, et dans un placard, des robes plus belles les unes que les autres. Elle fut attirée par l'une d'elles, différente, car elle ressemblait à ce qu'elle avait toujours porté. Dans le second, il y avait plusieurs paires de chaussures à sa pointure, assorties aux couleurs des robes. Elle vit également sa paire de bottines avec son papier journal, la réplique de ce qu'elle portait tous les jours dans son monde. Pourquoi ces vêtements se trouvaient-ils ici ?

Elle n'allait pas tarder à en avoir l'explication. Le réveil se mit à nouveau à parler, la voix lança sèchement :

— Pauline ! Nous t'attendons pour le petit déjeuner dans vingt minutes. Tu trouveras sous ta porte une lettre t'indiquant le chemin de la salle à manger et les vêtements que tu dois porter.

— Oui, merci, je la vois, je serai à l'heure.

Elle prit la lettre, le papier était doux comme de la soie. À l'intérieur, il y avait un plan du château. Chaque porte avait un numéro, la sienne était le cinq. Elle devait se rendre dans la pièce numéro quinze. Elle les regarda tous, il y en avait plus de cent. Elle ne vit nulle part le treize. Pour se rendre au numéro quinze, elle devait suivre les flèches indiquées.

Elle s'aperçut qu'elle devait faire un long trajet pour y parvenir. Alors que d'autres chemins paraissaient plus courts. Mais avait-elle le choix ?

Lorsqu'elle fut prête, elle s'admira dans le miroir, elle ne se reconnut pas. Elle portait une robe bleue, aux larges manches garnies de perles blanches. Une ceinture large affinait sa taille, une paire de chaussures assorties, elle n'en croyait pas ses yeux. Pour la première fois de sa vie, elle se trouva belle.

Elle sortit et voulut refermer la porte, mais elle l'était déjà. Le mystère commençait...

Au fur et à mesure qu'elle progressait dans les couloirs pourtant éclairés, une certaine angoisse montait. Elle ne rencontra personne, un grand silence régnait dans le château. Elle frissonna.

À chacun de ses passages, des flèches s'allumaient, lui indiquant le chemin à prendre. Elle ne pouvait pas se tromper de direction. Elle arriva au numéro cinquante-trois quand, tout à coup, un éclair traversa le couloir. Une forme gigantesque s'éleva devant elle, faisant tomber la flèche lumineuse.

— Qui êtes-vous ? cria-t-elle. Que voulez-vous ?

Il y eut un instant de silence, puis la forme devint plus distincte, ses yeux brillaient comme deux lucioles. Pauline se glissa dans le couloir, et ramassa la flèche tombée, qu'elle remit sans difficulté à sa place. La forme se mit à parler.

— Je suis le géant de ces lieux, le gardien de toutes les fées, je ne te connais pas, qui es-tu ?

— Je suis Pauline Samer, je viens d'arriver, et je dois me rendre à la porte quinze pour le petit déjeuner.

— Tu dis que tu t'appelles Pauline Samer !

— Oui, monsieur.

Pauline vit alors son visage. Il ébaucha un petit sourire pour la rassurer. Il était vêtu d'une large cape d'un gris lumineux, qui lui tombait sur les pieds.

— Tu es encore loin de la porte quinze, il semble que tu n'aies pas pris le bon chemin. Veux-tu que je t'accompagne ? Tu pourrais faire de mauvaises rencontres.

— De mauvaises rencontres ? Mais je suis au château des fées !

— Les fées vivent du côté sud du château, ici, tu es au nord. Il y a des esprits malveillants qui vivent par ici. Je ne sais pas qui t'a donné cette direction, cela ne vient pas d'une fée.

Pauline comprit que les épreuves commençaient. Elle accepta la compagnie du géant, qui venait certainement de la sauver. Elle n'avait plus de temps à perdre ni d'être retard.

— Comment vous appelez-vous ? lui demanda-t-elle.

— Willy ! Si un jour tu as besoin de mon aide, il te suffira de prononcer deux fois mon nom. Mais tu ne dois le prononcer que si tu es en grand danger.

Tout cela devenait de plus en plus mystérieux. Elle n'était pas encore au bout de ses surprises ni des épreuves !

Ils arrivèrent au numéro quinze. Willy ouvrit la porte, et s'inclina devant la reine.

— Ma reine, j'ai trouvé Pauline dans le secteur interdit. Il semble que le malin lui ait transmis un document signé de votre main.

— Comment ! lança la reine ! Qui a osé imiter ma signature ?

Pauline regarda autour d'elle, il y avait une dizaine de fillettes assises autour d'une table, garnie de lait fumant, de petits pains sentant bon la cannelle. Elles baissèrent la tête, ce qui était coutume, quand la reine était en colère.

— On doit très vite trouver le ou la coupable qui sera puni. Je l'exige, je l'ordonne. Dès que le déjeuner sera fini, vous vous mettrez tous au travail. Merci, Willy, tu as bien fait de la conduire jusqu'à moi. Si tu as des informations, merci de me les transmettre, tu peux disposer.

Puis elle lui parla tout bas, personne n'entendit ce qu'elle lui disait, mais il sortit en souriant.

Pauline s'installa à la place qu'on lui avait réservée. Elle avala trois petits pains et un bol de chocolat. Quand elle eut terminé, la reine lui demanda de rester auprès d'elle.

Elle était assise sur un coussin que la reine avait mis à ses pieds.

— Il faut absolument que tu saches pour tes parents. Le moment est déjà venu, bien que ce soit un peu prématuré. Tes parents sont connus dans le monde entier par toutes les fées.

— Quoi ? Mais mon père et ma mère n'étaient que de pauvres gens.

— Je le sais, mais pas toi… Tu ignores tout de ta famille… Tu ne sais même pas qui tu es…

Un grand silence se fit dans la pièce.

Pauline balbutia :

— Qui suis-je alors ?

— Tu es la fille d'une fée et d'un korrigan, dit-elle en s'adossant à son trône. Tu es appelée à devenir une des plus grandes et des plus belles fées du monde. Les membres de la famille de ton père semblent être au courant de ta venue, ils vont essayer d'empêcher cela.

Pauline se leva et s'approcha de la reine, elle avait tellement de questions à lui poser qu'elles explosaient dans sa tête. Elle ne savait par où commencer. Elle se décida enfin.

— Vous dites que ma mère est une fée et mon père un korrigan ! Pouvez-vous me dire ce qu'est un korrigan ?

— Un korrigan est un être moitié fée, moitié nain. Ils peuvent être bienveillants ou le contraire. Pour nous, ils ne sont que des sorciers. Ton père n'est pas un nain, sa mère, ta grand-mère, était une fée qui avait été violée par un korrigan, il l'avait gardée prisonnière jusqu'à ce qu'elle perde à tout jamais ses pouvoirs. Ton père a grandi dans un milieu où le bien et le mal cohabitaient. Lorsqu'il a rencontré ta mère, il a fui avec elle et la complicité de ta grand-mère.

La reine s'arrêta un instant. Pauline lui demanda :

— Où sont-ils ? Sont-ils toujours en vie ?

— Ils vivent toujours, ta mère est ma sœur jumelle. Un terrible sort lui a été jeté par ce korrigan, qui n'est autre que ton grand-père. Elle est sa prisonnière en espérant ainsi te retrouver pour te convertir en korrigane malveillante, ce qui sauverait ta mère, c'est du moins ce qu'ils disent.

— Et mon père, où se trouve-t-il ?

— Ne t'inquiète pas, il est auprès d'elle et veille.

— Que dois-je faire ?

— Tes pouvoirs sont si puissants que tu es la seule à pouvoir les sauver, mais il te faudra du temps et de la patience. Il semblerait qu'ils soient déjà au courant de ta venue, ils ont même essayé de te conduire à eux. Heureusement que Willy veille sur nous tous. Tu dois être très prudente, car il y aura d'autres tentatives de ce genre.

Ils ont réussi à investir une aile du château et, chaque jour, ils envoient leurs espions. Heureusement qu'ils ne peuvent pas nous approcher, tant que nous restons dans la partie protégée par notre rayon magique. Ils sont aidés par la reine des sorciers, qui change souvent de domaine et d'apparence. Il y a des interdits dans la partie nord du château.

— Mais qui est la femme qui m'a élevée ?

— C'est une brave femme que ton père a secourue. Elle venait de perdre son bébé et allait sombrer dans l'alcool. Ton père, ayant peur pour ta vie, lui a demandé de t'élever. Il n'avait pas prévu qu'elle tomberait malade. Il n'a rien pu faire ni pour elle ni pour toi. C'est pour ces raisons que tu as connu la misère et ta nourrice la maladie, les korrigans en sont responsables.

— Pourquoi a-t-on décidé de me conduire auprès de vous ?

— Ta nourrice ne pouvait plus s'occuper de toi, nous avons dû la faire hospitaliser. Le temps était venu pour nous de prendre la relève, pour te protéger. Je suis la seule famille qu'il te reste.

— Ma mère adoptive connaissait-elle mes origines ?

— Ton père ne lui a rien caché.

— Elle savait que j'étais moitié fée, moitié korrigan... ?

— Comment aurait-il pu en être autrement ? Ton père l'a sauvée... elle lui devait la vie. En te confiant à elle, il lui devait la vérité. Il ne pouvait pas lui cacher qu'elle devait te protéger contre ces monstres qui voulaient te supprimer.

Elle s'interrompit pour respirer profondément, puis poursuivit.

— Lorsque tu étais bébé, ils ont essayé plusieurs fois de te tuer, ils espéraient qu'avec ta mort, ton père retournerait auprès d'eux ; c'est pour ces raisons que tes parents ont décidé de te confier à des humains. Ils n'avaient pas prévu que ce père, que tu croyais être le tien, allait vous abandonner. Au fond, il ne t'aimait pas, il savait que tu n'étais pas sa véritable fille. Celle qui te servait de mère t'a vraiment aimée, nous avons réussi à réduire ses souffrances qui devenaient de plus en plus pénibles, mais le mal dont elle souffre semble profond.

— Alors, pendant toutes ces années, je n'ai été la fille de personne. Je ne m'attendais vraiment pas à cette nouvelle, dit-elle d'une voix triste.

— Quand j'ai appris toute ta misère, j'ai tout fait pour te ramener vers moi. J'ai dû moi-même combattre les korrigans pour y arriver. Plus tu prenais de l'âge, plus cela devenait dangereux, ils pouvaient facilement t'enlever. Je pense que j'ai eu raison de te révéler tout cela, il n'y a que moi pour le faire. Tu ne peux pas vivre ici sans savoir. Dans notre monde, chacun connaît l'histoire de tes parents. C'étaient d'excellents parents, très heureux, mais ils devaient toujours se cacher. Ton père n'a jamais osé s'attaquer aux siens, le seul endroit où ils étaient en sécurité, c'est ici. Le jour où il est descendu sur la terre pour te confier à cette famille, il a failli être tué. Ce jour-là, il a été suivi par un mauvais génie que ton grand-père a lancé sur ses traces. Ta mère est intervenue pour le sauver, et c'est alors qu'elle a été faite prisonnière. Ton père s'est alors rendu, pour être à ses côtés. Ils se trouvent dans un de leurs châteaux, sur une île de l'Atlantique.

— Pourquoi ne m'ont-ils pas pris avec eux ?

—Ta mère a réussi à te protéger par un puissant courant magnétique qu'aucune autre fée ne possède. Ses pouvoirs sont supérieurs à ceux de ton père et à tous ces korrigans. Ils ne peuvent rien contre toi, c'est pour cette raison qu'ils sont toujours en vie. Ils savent que s'ils tuent ton père et ta mère, connaissant ta puissance, il te serait facile de les battre. Mais s'ils arrivent à te capturer, ils domineront le monde en vous gardant à tout jamais prisonniers. Et une fée trop longtemps prisonnière finit par perdre ses pouvoirs. C'est ce qui a dû arriver à ta mère, ses pouvoirs se sont certainement réduits et le champ magnétique a été perdu.

Par chance, par la surveillance des petites fées qui veillent sur les ordinateurs que nous avons depuis plusieurs années, elles ont pu intervenir rapidement. Ta mère était la plus grande fée de ce monde, tu as hérité de ses pouvoirs, et de ceux de ton père, c'est ce mélange qui fait peur. Car malgré la bonté de ton père, qui a hérité de sa mère, il y a dans tes veines du sang korrigan. Ils pensent qu'ils pourraient te convertir à leur cause. Aussi, nous devons te protéger et t'apporter toute l'éducation que ton rang exige pour devenir une bonne fée, et t'aider à développer tes pouvoirs dans ce sens-là.

—Je dois sauver mes parents ! Combien de temps prendra mon éducation ? Et pourquoi avez-vous des ordinateurs ?

— Pour toi, deux années suffiront. Mais tu dois être prudente, et il te faudra de la patience. C'est de cette mission que tu seras chargée lorsque tu seras prête. Tu devras apprendre à devenir une grande fée, et non une korrigane. Pour cela, je vais te confier à notre meilleure fée, Diana. Tu as fait sa connaissance dans le livre que t'a remis Perry, la petite-fille d'une de mes fées. Pour combattre la sorcellerie, tu auras le professeur Zipper-fin, que tu connais aussi grâce au livre. Je reconnais qu'un énorme travail t'attend, mais je sais que tout ira bien maintenant. Tu es la seule qui puisse nous sauver de ces monstres, qui se disent les maîtres de la magie.

Une lueur de respect et de sympathie brillait dans son regard, Pauline ressentit de la fierté. Comment tout cela était-il possible ?

— Quant aux ordinateurs, les anciennes fées travaillaient avec leur esprit et leur baguette, mais au fil du temps, elles ont perdu de leur efficacité, et allaient moins souvent sur la terre. Les jeunes fées ont compris que cela leur serait très utile, elles ont suivi des cours sur la terre, comme le font certains sorciers et anges.

Grâce au mage « Altabar », nous avons pu les recevoir. Depuis, nous intervenons rapidement et avec plus d'efficacité. Lorsque tu vas rencontrer la fée Diana, elle te le confirmera, car elle s'en servait sur la terre.

Pauline était impatiente de la rencontrer. Jusqu'à ce jour, sa vie avait été triste, si misérable. Depuis qu'elle était dans ce château, elle ne souffrait plus de son dos, elle n'avait plus ni faim ni froid. Avec tout ce que venait de lui apprendre la reine, un tas de questions hantait son esprit. Pourquoi, si elle avait tous ces pouvoirs, ne pouvait-elle pas sauver sa mère adoptive de la maladie ? Pourquoi avait-elle vécu dans la plus grande des misères ?

Elle allait poser sa question à la reine quand elle lui dit :

— Souviens-toi ! Que se passait-il quand tu avais peur sur la route ? Quand tu marchais les pieds presque nus dans la neige ?

Pauline contemplait les flammes dans la cheminée. Elle se rappelait toutes ces choses étranges qui se produisaient lorsqu'elle était furieuse contre sa mère, qui n'avait rien préparé à manger, alors, sa faim qui la tenaillait disparaissait. Lorsque ses pieds gelés la faisaient souffrir, elle ôtait ses chaussures et une douce chaleur leur redonnait force et souplesse… Pourquoi savait-elle lire, alors qu'elle n'allait pas à l'école ? Et son dos, il y avait des moments où elle en souffrait et d'autres où le mal disparaissait.

Elle leva ses grands yeux bleus vers la reine et lui sourit, elle répondit à son sourire. Pauline se rendit compte qu'elle lisait dans les pensées de la reine, comme dans un livre ouvert. Elle fut touchée par ce qu'elle venait d'y lire…

— Bon, il faut y aller maintenant, tu vas avoir beaucoup de choses à faire ce matin. Je vais te conduire auprès de tes professeurs. Tu vas aller cette après-midi sur la terre, avec Diana, pour acheter quelques livres, avec le reste des fournitures.

— Avec quoi va-t-on acheter tout ça ? Je n'ai pas d'argent, et sur la Terre, il faut payer avec de la vraie monnaie, pas avec une baguette magique.

— Ne t'inquiète pas de ça, répondit la reine. Tu as un coffre dans notre banque, car tes parents ont laissé de l'argent pour toi.

— Comment ! J'ai un coffre avec de l'argent ? Comment se fait-il ? Comment le gagnaient-ils ?

— Honnêtement, je te rassure. Chaque mission accomplie rapporte dix mille européens. Cet argent est ensuite placé dans une banque qui est gérée par la fée argentière. Elle se rend chaque mois sur la terre, et place à des taux intéressants l'argent que gagnent les fées chargées de mission.

— Et les autres, celles qui ne vont pas en mission ?

— Elles n'ont pas besoin d'argent. Ici, elles ont tout ce qu'il faut. Ces fées sont des nymphes, elles n'ont pas de pouvoir, leur travail consiste à une stricte surveillance de tout ce qui se passe sur la terre, c'est grâce à cette surveillance que l'on a pu te localiser. Je sais, tu vas me dire que nous avons mis du temps. Mais le secret de ta cachette était bien gardé, et nous n'avions pas tout ce matériel moderne. Ta mère (qui, je te le rappelle, est ma jumelle) et moi avons un code de communication. Au début de sa capture, nous ne nous en sommes pas servies par peur d'interférence entre nos ondes. Ces korrigans sont partout, ils se sont alliés aux sorciers pour avoir leur aide, pour lire nos messages. Mais depuis que nous avons Diana avec nous, ils ont pris une certaine distance. Elle a déjà éliminé plusieurs korrigans et sorciers, dont un des plus féroces de la planète.

Pauline allait de surprise en surprise, elle comprit qu'elle allait devoir affronter un monde, auquel personne ne l'avait préparée. Mais pour sauver ses parents, elle était prête à toutes les concessions, à tous les sacrifices, mais surtout, elle était prête à se battre contre ces démons.

***

Sa rencontre avec Diana fut un des moments les plus inattendus, mais merveilleux. Quand elle la vit, elle comprit qu'elle venait de rencontrer sa meilleure amie, sa meilleure alliée, elle fut la plus heureuse du monde féerique. Elle avait le même regard… le même sourire… la même beauté que cette princesse anglaise qui avait épousé un futur roi. Seuls ses cheveux étaient un peu plus longs. Pauline se souvenait avoir entendu parler d'elle à son travail. Toutes ou presque lisaient la presse, et les journaux circulaient dans l'usine. Elle avait pu lire et voir plusieurs de ses photos. Elle savait le rôle qu'elle avait tenu auprès du monde entier. Elle était et resterait à tout jamais cette princesse au grand cœur qui a tant fait pour les enfants... pour les malades... Elle avait su imposer des changements significatifs, grâce à des actes dictés par son cœur. Elle avait donné l'exemple auprès de malades atteints du sida, en serrant la main d'un patient, pour montrer au monde qu'elle ne risquait pas d'être contaminée par ce simple contact. Elle avait fait fléchir les gouvernements, menant campagne dans le monde entier pour interdire la vente des mines antipersonnel, allant même en Angola traverser un champ de mines. Elle avait eu un courage que personne n'avait égalé. Elle avait donné tant d'amour aux autres, mais n'en avait pas beaucoup reçu. Sa disparition tragique avait plongé le monde entier dans la consternation et la douleur.

Était-elle cette Diana qu'elle allait rencontrer ?

— Bonjour, Pauline ! dit-elle d'une voix douce et envoûtante, en lui tendant une main blanche et fine. Sois la bienvenue parmi nous. Je suis heureuse de te connaître. Je suis sûre que nous allons faire ensemble du bon et beau travail, pour détruire à tout jamais le mal qui règne dans l'autre monde.

— Moi aussi, très heureuse de vous rencontrer, et d'être votre élève. Je suis sûre que je vais beaucoup me plaire avec vous.

— Tu peux me tutoyer, ici, nous sommes tous unis pour le même combat.

— Eh bien ! Je vais vous laisser faire connaissance, dit la reine. Je te laisse entre les mains de Diana, elle a tant à t'apprendre qu'il ne faut pas perdre trop de temps.

— Merci, madame, j'espère être une bonne élève !

— Désormais, tu peux m'appeler « ma tante », cela me fera plaisir.

— Merci, ma tante, je le suis aussi.

La reine se pencha vers Pauline, et déposa un baiser sur son front.

Pauline en fut émue, car il y avait longtemps que personne ne l'avait embrassée avec autant de douceur, elle laissa s'échapper une petite larme.

Diana, à qui la scène n'avait pas échappé, sortit de sa poche un magnifique mouchoir brodé d'or, avec douceur, elle essuya sa larme.

— Désormais, tu dois te conduire en fée, et les fées ne pleurent jamais. Ta sensibilité doit être mise au service des autres, il te faudra prendre sur toi le contrôle de tes émotions. Sans cela, tu n'auras pas fini de verser des larmes. Allons nous changer, car nous devons partir sur l'autre monde, pour y faire nos achats. Dans la penderie de ta chambre, il y a une robe et des chaussures toutes simples, comme celles que tu portais avant... Je vais avoir à peu près les mêmes. Nous ne devons pas attirer l'attention. Et sur la terre, les pauvres, on ne les regarde pas.

Comme elle a raison ! pensa Pauline. Durant son séjour sur terre, personne ne s'était soucié de sa misère. Elle avait dû se débrouiller seule.

— Nous avons trente minutes pour nous préparer, la lune ne nous attendra pas plus longtemps.

— La lune ?

— Oui, la lune, mais nous en reparlerons en route.

Chapitre 3

Taxi lunaire

Pauline alla rejoindre Diana dans le salon des départs. Elles étaient vêtues d'un pantalon de toile beige, d'une chemise à carreaux, d'un chapeau haut de forme pour cacher soigneusement leurs magnifiques cheveux blonds, de bottines abîmées, tachées, et elles portaient un large manteau tout râpé ; elles étaient méconnaissables.

— Eh bien ! Nous voici prêtes à affronter la vie terrienne !

— Que devons-nous acheter ?

— Oh ! Diverses babioles. Nous allons commencer par les livres des magies, comme ceux qu'utilisent les sorciers, tu dois apprendre à te défendre contre leurs agressions. Le manuel des potions magiques, pour te protéger contre leurs sorts. Nous devons utiliser les mêmes méthodes qu'eux pour les combattre. Pour les fournitures, j'ai déjà la baguette, le chaudron, etc. Par contre, il nous faut un de ces animaux, crapaud, hibou, chouette ou un chat gris. J'ai préparé une liste de tout ce qu'il nous faut. Allons-y.

Après avoir traversé de nombreux couloirs, elles arrivèrent sur le toit du château. Un téléphérique en forme de croissant de lune les attendait.

— Prépare-toi, lui dit Diana. Dès que la pointe de la lune touchera le haut de la cheminée, ce sera le moment de me suivre en serrant bien ma main, et ne plus la lâcher.

Elles n'attendirent pas longtemps. Après avoir actionné sa baguette en direction de la lune, Diana attendit qu'elle descende lentement, car elles devaient l'atteindre ensemble. Pauline tremblait, Diana le sentit.

— N'aie pas peur, je sais que c'est impressionnant la première fois, je l'ai aussi ressenti. Mais tu ne risques rien avec moi.

Elle sortit sa baguette de sous son manteau, l'agita une fois. Elles furent aussitôt propulsées sur le croissant de lune.

— Accroche-toi bien à moi. J'espère que tu n'as pas le vertige ?

— Je ne sais pas, c'est la première fois que je me trouve suspendue dans le vide.

— Ne regarde pas en bas, de toute façon, il n'y a rien à voir. Tu verras, tu t'y habitueras.

— Comment on descend ?

— Ce n'est pas difficile. Lorsque la terre sera en vue, un petit coup de baguette et hop ! On atterrit. Comme tu n'as pas de baguette, tu ne dois pas me lâcher, sinon...

— Sinon quoi ?

— Sinon, tu vas faire le tour de la terre, et ce n'est pas sûr que je te retrouve.

— Ah bon, pourquoi ?

— Parce que les malins t'auront repérée avant, et faite prisonnière.

Pauline se cramponna. Elle lui serrait très fort la taille.

— Ne t'inquiète pas, tu ne vas pas tomber.

Diana noua une ceinture autour de leur taille.

Le voyage dura trente minutes. De gros nuages recouvraient la terre.

— Je crois que nous allons être un peu secouées, il y a un oiseau qui vient sur nous.

— Un oiseau !

— Sûrement un de ces rapaces qu'utilisent les sorciers. Mais j'ai plus d'un tour dans mon sac.

L'oiseau se posa sur le bras de Diana, et commença à l'attaquer à coups de bec. Pauline essaya de le chasser, mais il se retourna contre elle, elle dut protéger son visage avec son bras. L'oiseau se retourna à nouveau vers Diana, s'en prenant à son manteau.

Elle avait du mal à repousser le rapace. Sa baguette, bloquée par la ceinture, était inaccessible. Pauline eut alors une idée ; elle gonfla son torse, prit une grande inspiration et souffla sur le volatile. Désarçonné, surpris par la violence de son souffle, l'oiseau vacilla et tomba sur la lune. Diana libéra sa baguette, et fit apparaître une cage. Pauline l'attrapa par les ailes, le jeta dans la cage, qui se referma aussitôt.

— Bravo, tu es vraiment douée. Je n'aurais pas su le faire, dit-elle à Pauline. C'est une chouette, elle va nous être utile. Elle sera maintenant plus obéissante, tu viens de la dompter.

Pauline n'en revenait pas de son exploit.

— Nous voici au-dessus de Paris, nous allons essayer de nous poser en douceur.

Pauline n'était jamais allée à Paris, c'était pourtant la ville où elle était née. Diana la connaissait par cœur.

Lorsqu'elles arrivèrent sur la terre, Pauline fut effrayée par les voitures, les bus, les taxis. La ville était vraiment bruyante. Elle avait du mal à se faire à toute cette agitation. Elle suivit Diana, qui marchait très vite. Lorsqu'elles arrivèrent en vue d'un grand magasin, La Tourmaline, Pauline fit deux fois le tour de la porte tournante du magasin. Diana dut la tirer de ce mauvais pas.

— Je ne sais pas comment font tous ces gens. Il y en a autant dans les rues, sur les trottoirs et dans les magasins. C'est fou.

— Nous sommes samedi, c'est un jour de grande affluence.

— Pourquoi venons-nous aujourd'hui ?

— Dans la foule, nous passons inaperçues.

Elles montèrent au premier étage, où se tenaient la librairie, le rayon de disques, une cafétéria, etc.

— Tu crois que nous allons tout trouver dans ce magasin ?

— Non, mais une bonne partie. C'est bientôt Halloween, c'est la bonne période pour trouver des livres sur la magie. Pour les potions, je connais un endroit où on peut se les procurer. Poison... serpent... poudre de perlimpinpin... élixirs de toutes sortes. Il y en a pour tous les goûts.

— Et on trouve tout ça à Paris ? lui demanda-t-elle.

— Non, il y en a dans toutes les grandes villes. Il faut simplement les connaître.

Le monde se pressait dans le magasin. Les enfants se bousculaient devant les masques affreux des sorciers ; les citrouilles illuminées étaient décorées de diverses couleurs et trônaient dans les vitrines. Les sorcières, assises sur des balais, semblaient vous jeter un sort rien qu'en les regardant. Diana trouva les livres dont elle avait fait la liste. Son sac rempli, elles sortirent du magasin.

— Pourquoi tous les sorciers et sorcières sont-ils aussi laids ?

Elle posa la question à Diana.

— Ils sont laids parce qu'ils incarnent le mal, la méchanceté.

— Pourquoi les enfants en sont-ils fous ?

— Ce n'est pas de leur faute. Ce sont les parents qui sont responsables. Trop souvent, ils leur disent que s'ils font des bêtises, les sorciers ou les sorcières vont les punir en les changeant en volatile ou autre animal. Ce n'est pour eux que de la curiosité. C'est aussi une légende vieille comme le monde qu'ont alimentée les médias. Les enfants aiment avoir peur, bien que cela les rende vulnérables. Ils pensent que tout cela n'est qu'un jeu, ils ressentent à travers ces monstres leurs propres angoisses. Je ne suis pas d'accord avec ces méthodes, jamais je ne ferais peur à un enfant, ils sont si mignons... Aujourd'hui, c'est devenu une tradition, mais aussi un véritable commerce. Car les enfants n'aiment que les contes de fées, c'est bien connu, comme étaient les...

Elle ne put finir sa phrase. Elle se hâta et accéléra le pas. Pauline comprit, elle venait sans le vouloir de lire dans ses pensées. Elle avait percé son secret, mais fit celle qui n'avait pas entendu la dernière phrase.

— Qu'as-tu dit ? lui lança-t-elle.

— Que les enfants n'aiment que les contes de fées !

— Oui, tu as raison, c'est la vérité.

— As-tu faim ou soif ? lui demanda-t-elle.

— Oui, je boirais bien une boisson chaude, il ne fait pas très chaud.

— Je connais un café où j'ai l'habitude de venir lorsque je suis en mission. On me connaît bien, car un jour, je leur ai posé quelques questions. J'y reviens quelquefois, mieux habillée qu'aujourd'hui. Ce jour-là, je leur ai fait croire que j'étais assistante sociale. Je ne sais pas s'ils m'ont crue, mais ils ont répondu. Depuis, ils m'acceptent comme je suis.

— Pourquoi tes questions ?

— Pendant un mois, j'ai suivi une jeune femme qui vivait de prostitution et qui élevait seule son petit garçon. Elle venait tous les soirs dans ce café chercher ses clients. Un jour, j'ai demandé au patron qui elle était, car elle avait l'allure de ces femmes des rues. Je lui ai posé des questions sur sa vie, et m'ont demandé pourquoi je m'intéressais à cette malheureuse. Ne sachant quoi répondre, je leur ai dit que j'étais assistante sociale, et que je voulais lui venir en aide. Aujourd'hui, ils me croient, car depuis, elle a trouvé un travail honnête, le goût de vivre avec son enfant, et ne se prostitue plus, et ne fréquente plus le café. C'est un peu ce que nous sommes en réalité, nous sommes plus que des assistantes sociales.

— C'est vrai, nous faisons beaucoup plus.

Après quelques minutes de marche, elles arrivèrent devant le café.

— Voilà, nous sommes arrivées « Au café des songes ». Son nom est une source d'inspiration. L'endroit n'est pas très grand ni très beau, mais l'accueil est chaleureux.

À peine avions-nous franchi la porte d'entrée que le barman s'approcha.

— Seigneur Dieu ! lança-t-il, en la voyant. C'est vraiment vous ?

Tous se retournèrent sur elles.

— Quel honneur ! Je suis très heureux de vous revoir, mademoiselle Diane...

Pauline était surprise de voir autant de monde dans ce petit café. Au comptoir, il n'y avait pas une seule place ni aux tables.

Il fit le tour de son comptoir pour venir lui tendre une main encore humide.

— Soyez les bienvenues, mesdemoiselles. Venez, entrez, je vais vous trouver une place.

Il avait appelé Diana, Diane. Il poursuivit en s'adressant à ses clients :

— Je vous présente l'assistante sociale qui a aidé Béatrice. Que tout le monde a connu, ajouta-t-il tout bas.

Les clients, n'étant pas insensibles, répondirent :

— Très heureux, mademoiselle. Nous sommes fiers de faire votre connaissance.

Certains voulurent lui prendre la main. Pauline comprit que cela l'agaçait un peu, elle savait que Diana n'osait pas refuser, par peur de les froisser. Elle eut alors cette idée coquine, espérant que cela marcherait. Elle se leva d'un bond en criant, et bégayant...

— Là, un rat ! Il est é-nor-me... Quelle horreur !

Tous se mirent à crier, et se ruèrent vers la sortie. Diana regarda Pauline, elle avait compris son stratagème, elle lui sourit. Le barman, affolé, revenait avec un balai.

— Vous arrivez trop tard, je crois qu'il a filé. Lui aussi a dû avoir peur.

Pauline riait sous cape, elle avait réussi son coup, elle était une magicienne, bien qu'elle n'ait employé aucun artifice. Le calme revenu, elles commandèrent un chocolat bien chaud, qu'il s'empressa de leur servir.

— Je ne savais pas que tu étais aussi célèbre.

— Je ne le savais pas non plus, je le découvre en même temps que toi.

Puis, s'adressant au barman :

— Monsieur, avez-vous des nouvelles de Béatrice ?

— C'est ce que j'allais vous dire, quand... Elle s'est mariée il y a deux mois, avec un gentil garçon qui l'adore. Elle est d'ailleurs venue me le présenter et m'a même invité à leurs noces. Elle voulait avoir de vos nouvelles, car elle pensait que je savais où vous joindre, elle voulait vous inviter. Depuis, elle a quitté Paris pour aller vivre en Provence. Tenez, voici une carte qu'elle m'a envoyée il y a quelques jours.

Diana la prit. Au moment où elle allait la lire, la porte du café s'ouvrit à grand fracas, la lampe se mit à trembler, un vent glacial s'engouffra, la carte s'envola des mains de Diana.

— Excusez-nous, mais nous devons partir.

Elle prit la main de Pauline et l'entraîna à l'arrière du café.

— Que se passe-t-il ? demanda Pauline.

— Nous venons d'être repérées, il nous faut partir au plus vite.

Elles se retrouvèrent sur une route pavée, mais un mur leur barrait la route.

— Qu'allons-nous faire ?

— Aucun problème, bienvenu dans le passage secret.

À la stupéfaction de Pauline, Diana sortit sa baguette, l'agita en prononçant cette phrase, déjà entendue :

— Sésame, où que tu sois, ouvre ce mur !

Un bruit d'ailes... un fracas... Les pierres tombèrent une à une, laissant place à un passage assez grand pour qu'elles s'y engouffrent. Dans cette nuit noire, il leur fallait trouver très vite la cathédrale, qui serait leur seul refuge pour la nuit. Diana n'hésita pas. Elle demanda à sa baguette de les y conduire rapidement.

En un éclair, elles arrivèrent sur son toit. Soulagées, elles y entrèrent pour passer la nuit. Là, elles étaient en sécurité.

— Nous n'avons pas fini nos courses, comment allons-nous faire ? demanda Pauline.

— Nous devons attendre le jour. Nous ne prenons la lune que demain soir, à dix-huit heures.

Pauline était en admiration devant les statues, les dorures qui ornaient l'hôtel, les vitraux, elle regardait de tous les côtés. Elle voulait s'imprégnait de ses beautés. Elle n'avait jamais mis les pieds dans une église, encore moins dans une cathédrale.

— Il va falloir dormir un peu, demain sera une journée difficile, lui dit Diana.

Pauline obéit. Elle s'endormit comme un bébé, elle ne vit pas Diana qui priait, tout en veillant sur son sommeil.

Le lendemain en s'éveillant, elle ne trouva pas Diana. Elle l'appela doucement, car il y avait un fort écho, mais elle ne répondit pas ; elle haussa un peu la voix.

— Je suis là, ne crie pas. Nous sommes dans un lieu de prières et de silence.

— J'ai cru que tu étais partie.

— Je suis simplement allée voir si la voie était libre, et le danger écarté.

— Mais de quel danger parles-tu ? Que s'est-il passé hier soir ? Pourquoi cette fuite précipitée ?

— Tu as encore beaucoup à apprendre. Le danger se trouve à chaque coin de rue. Le malin guette, il est à l'affût. Mais il y a certaines heures où il ne peut rien.

— C'est tous les jours comme ça, quand tu viens sur terre ?

— Non, heureusement, mais pour le moment, c'est toi qui les attires sans t'en rendre compte. Ton esprit vagabonde trop. Il faut que tu cesses de penser et de faire entendre ta voix. Tes ondes peuvent être captées, même par-delà les montagnes. Tu ne les connais pas encore, mais ils surveillent, je ne serai pas toujours avec toi. Je vais être obligée de te donner une clé.

Elle sortit de sa poche une magnifique clé d'or.

— Elle te servira en toute circonstance, tu ne dois surtout pas la perdre. Elle va être magnétisée par ton odeur et par ta voix, elle ne pourra servir à personne d'autre. Elle t'ouvrira toutes les portes, où que tu sois. Pour ton coffre à la banque, lorsque tu auras besoin d'argent.

— Où est cette banque ?

— Nous allons nous y rendre, je dois prendre un peu d'argent pour finir nos courses.

— Ai-je un coffre personnel ?

— Oui, il est au nom de tes parents.

— Mais je ne connais pas leur véritable nom.

— Je sais, mais pour le moment, tu ne dois pas le savoir. Pour éviter que ton esprit ne contacte les malins. C'est une sécurité, ce sera ainsi pendant tout ton apprentissage. Tu n'as pas besoin d'argent dans l'immédiat, je suis là pour subvenir à tes besoins.

Une femme entra dans la cathédrale, elle trempa sa main dans le bénitier, fit le signe de la croix, puis alla s'agenouiller.

— Il est temps de partir, il va y avoir du monde, on ne doit pas nous voir.

Elles ne prirent pas la porte, un coup de baguette les propulsa au-dehors. À chaque étincelle, Pauline devait s'accrocher à Diana. Elle trouvait très drôle de traverser ainsi les murs. Mais elle ne devait le faire qu'en cas de danger.

Elles arrivèrent à la banque et entrèrent. À cette heure matinale, il n'y avait pas beaucoup de clients. Le directeur, que Diana connaissait bien, lui tendit un parchemin, qu'elle signa. Pauline ne put voir le nom qu'elle avait inscrit. Elle ne voulait pas profiter de ses pouvoirs pour lire la signature. Elle devait faire ce que lui a demandé Diana pour ne plus attirer les démons. Elle se contenta de l'attendre, pendant qu'elle se faisait ce pour quoi elle était venue.

Elle en sortit quelques minutes plus tard.

Il restait l'achat des potions, et autre poudre de perlimpinpin. Diana trouva la boutique où on trouvait tout ce dont elle allait avoir besoin, elle était située dans un des vieux quartiers de Paris, dans une ruelle où, malgré le jour, il faisait presque nuit. L'enseigne indiquait : « Au mystère de la magie ». Pauline vit des enfants sortant de la boutique, brandissant balais, chouettes ou citrouilles.

— Regarde tous ces enfants, ils viennent pour acheter la panoplie du parfait sorcier.

— On vend de tout et n'importe quoi dans cette boutique. Ce n'est pas ici que nous allons trouver ce que je veux. Tout se trouve à l'arrière ; pour s'y rendre, il faut ma baguette. Mais attention, on peut faire aussi de mauvaises rencontres : de bons et de mauvais génies, tous se croisent ici. Tu ne vas pas venir avec moi, tu vas m'attendre dans le café qui est au bas de la rue. Si je ne suis pas de retour dans trente minutes, il te faudra quitter les lieux ; cela voudra dire qu'il y a du danger. Tu te rendras seule à notre rendez-vous pour la lune, elle est prévue sur les hauteurs de Notre-Dame à dix-huit heures. Tu n'auras qu'à t'asseoir dessus et te laisser conduire. Lorsque tu apercevras le château, tu te laisseras glisser sur la terrasse.

— Et toi ?

— Ne t'inquiète pas pour moi, je saurai me débrouiller.

Puis elle s'engouffra dans le magasin. Lorsqu'elle ouvrit la porte, Pauline entendit un son bizarre, comme un cri strident, ou un hululement, cela la fit frissonner. Elle alla s'installer dans le café. Un jeune homme portant tablier blanc s'approcha d'elle.

— Vous désirez, mademoiselle ?

— Un chocolat, s'il vous plaît.

Elle buvait son chocolat quand elle s'aperçut qu'elle n'avait pas d'argent sur elle. Diana avait omis de lui en donner. Si elle n'arrivait pas, comment allait-elle régler ? Elle ne possédait pas de montre, et ses yeux ne quittaient pas la pendule, accrochée au-dessus de la tête du barman. Quinze minutes venaient de passer, Diana n'était toujours pas revenue.

Elle avait avalé son chocolat, car depuis le déjeuner du matin, elle n'avait rien mangé. La découverte de son affiliation avec une fée et un korrigan l'avait perturbée. Sur le comptoir, il y avait des croissants chauds qui embaumaient le café. Elle en commanda un que le garçon s'empressa de lui apporter, tout en lui lançant son plus beau sourire. Pauline le remarqua, mais n'y répondit pas. Elle dévora si rapidement le croissant qu'elle faillit s'étouffer. Trente minutes s'étaient écoulées, Pauline commençait à être inquiète. Diana n'était toujours pas là.

Le café commençait à se remplir, elle devait partir, mais comment régler sa note ? Elle ne voulait pas partir sans payer, ce serait un vol, et une fée qui vole est punie de bannissement à tout jamais. Elle n'avait pas de baguette magique, elle ne pouvait rien faire. Mais son esprit de magicienne vagabondait de plus en plus. Depuis qu'elle savait qu'elle possédait des dons, elle était sûre de pouvoir trouver une solution. Elle arracha un bouton de son manteau, le posa sur la table, le fixa, pensa très fort à la somme due, un européen cinquante-deux centimes, le prix de son chocolat et du croissant. En vingt secondes, à la place du bouton, apparut la somme. Elle n'eut pas le temps d'appeler le garçon pour les lui donner, un vent glacial s'engouffra dans le café, elle n'aperçut qu'une longue flamme qui faillit l'atteindre. Elle se leva d'un bond et courut à l'arrière du café. Elle entra dans la cuisine, une femme s'y trouvait qui fut si surprise qu'elle prit la fuite. Le garçon de café entra derrière elle, à la vitesse de l'éclair. Il lui ouvrit la fenêtre, et lui fit signe de sauter, ce qu'elle ne se fit pas dire deux fois. Elle se mit à courir, ne sachant où elle allait. Elle s'enfonça dans cette ville immense, dans une direction qui lui était totalement inconnue. Après une heure de course, elle s'arrêta pour souffler un peu. Elle savait que la cathédrale se trouvait en bordure de la Seine. Elle chercha sa direction sur les panneaux, et trouva enfin une inscription. Elle longea son cours, en tenant le col de son manteau relevé jusqu'au nez. Elle avait enfoui sa tête et son visage sous sa capuche, pour les cacher.

Elle savait pourquoi elle venait de se faire piéger. Tout ce qu'elle faisait se retourner contre elle. Elle n'avait pourtant pas eu le choix. La moindre de ses pensées était aussitôt captée. Qu'allait-elle devenir si elle ne pouvait pas utiliser sa magie sans attirer les sorciers ? Elle essaya de ne plus penser, elle devait trouver Notre-Dame, peut-être y retrouverait-elle Diana. Elle avait parcouru un long chemin, et la nuit était noire et sans lune. Elle n'avait aucune idée de l'heure qu'il pouvait être. Soudain, elle entendit tinter leurs cloches. Elle les aurait reconnus entre mille, après les avoir écoutées toute la nuit. Elles indiquaient dix-sept heures trente, il lui restait trente minutes pour atteindre les hauteurs.

Elle l'aperçut enfin, toute illuminée. Elle s'y dirigea rapidement. Après une course endiablée dans les rues de Paris, elle arriva tout essoufflée devant la grosse porte encore ouverte. Il lui restait à grimper tout là-haut, elle n'avait plus beaucoup de temps. Elle se dirigea vers la sacristie. Diana avait glissé un plan dans sa poche de manteau. Comme si elle avait su par avance qu'elle irait seule au rendez-vous.

Elle ne devait plus se servir de ses pouvoirs. Elle était trop près du but pour risquer une nouvelle fois la foudre des sorciers. Ils ne perdaient rien pour attendre ; lorsqu'elle maîtriserait ses pulsions et son esprit, ils verraient de quoi elle était capable.

Elle arriva enfin au sommet, la lune avançait lentement. Elle allait s'asseoir sur le croissant quand deux bras l'enlacèrent, la ceinture s'enroula autour de sa taille.

— N'aie pas peur, c'est moi, Diana !

Pauline poussa un soupir de soulagement.

— Enfin ! Te voilà ! J'étais inquiète ! Que s'est-il passé ?

— Je t'expliquerai lorsque nous serons au château. Nous devons maintenant nous taire et ne plus parler.

Ce fut dans un silence complet qu'elles firent le chemin du retour.

Le château avait revêtu ses lumières de nuit, elles ne pouvaient pas le manquer. Elles atterrirent ensemble sur la terrasse.

— Ouf ! Nous voici de retour sans encombre, ou presque. Je n'ai pas eu le temps d'acheter les potions, j'y retournerai demain ; dans quatre jours, tu en auras besoin.

— Je pourrai venir ? lui demanda-t-elle.

— Je ne sais pas, ce n'est pas moi qui décide, c'est la reine.

Soudain, un klaxon lança un assourdissant avertisseur sonore.

— Viens vite, dit Diana. Nous devons nous éloigner avant que les sorciers ne nous voient, accroche-toi à moi.

Pauline saisit sa taille, elle avait un peu peur, elle ne comprenait pas encore tout. Cela faisait partie du mystère de sa venue.

Elles survolèrent assez haut le château. De là, Pauline vit une horrible femme assise sur un balai, elle devait les chercher. Elle approchait de plus en plus, elle n'était plus qu'à une centaine de mètres d'elles. Elle ferma les yeux, en attendant le choc. C'est alors qu'elles traversèrent l'épais champ magnétique. Elles s'écroulèrent aux pieds de la reine.

— Comme j'ai eu peur, lança cette dernière. J'ai bien cru que vous n'arriveriez pas à traverser ce mur. Cela aurait bien pu ne pas fonctionner, heureusement que je vous ai aidées.

— Moi aussi j'ai eu peur, car je n'étais pas sûre que vous entendriez mon appel.

— Je ne pouvais pas vous répondre, car la sorcière aurait capté ma pensée. Pauline, tu n'es plus en sécurité ici. Ils savent désormais que tu demeures sous mon toit, nous sommes tous en danger. Aussi, j'ai pris une décision, pendant ta première année, tu vas vivre loin du château. Les fées aussi sont vulnérables si elles ne prennent pas certaines précautions. Alors, j'ai décidé de te renvoyer dans ta maison, ils ne la connaissent pas. Depuis que tes parents t'y ont déposée, elle est entourée du même rayon magnétique qui nous protège.

— Mais comment vais-je vivre seule et sans argent ?

— Ne t'inquiète pas, Diana t'a procuré la clé qui ouvre ton coffre. Elle t'accompagnera chaque fois que tu en auras besoin, jusqu'à ce que tu puisses te servir d'une baguette magique. Elle viendra faire les cours chez toi, avec le professeur Zipper-fin.

— D'accord, ma tante.

Pauline n'avait pas le choix, mais une question lui brûlait les lèvres, elle la posa :

— Ma tante ! Comment vais-je faire pour sortir de la maison sans qu'ils découvrent ma présence ?

— Je vais te donner une lettre, tu la liras tranquillement. J'y ai noté toutes les instructions que tu devras suivre, au moins pendant ta première année. Au fur et à mesure de ta progression, nous aviserons.

Tu auras besoin de toute ta concentration, il n'y a que dans la maison où tu as grandi que tu pourras la trouver.

Pauline éprouva une sensation étrange, comme si sa tête allait tout à coup exploser. Un jeune homme venait d'entrer, il ressemblait étrangement au jeune homme qui l'avait aidée à se sauver dans le café. Elle sentit comme une décharge électrique lui traverser le corps. Il y avait dans son regard magnifique d'étranges lueurs.

— Entre, Gerry, dit la reine. Voici Pauline, ma nièce. Tu resteras nuit et jour auprès d'elle, jusqu'à ce qu'elle soit capable de voler de ses propres ailes.

— Je suis à vos ordres, ma reine, je vous promets de bien veiller sur votre nièce.

Puis, s'adressant à Pauline :

— C'est un immense honneur de vous accompagner, mademoiselle Pauline.

Elle détourna son regard, n'appréciant pas du tout cette initiative. Elle ne comprenait pas pourquoi la reine lui octroyait un garde du corps. La prenait-elle pour une enfant qui ne sait pas se défendre ? Elle avait vécu toutes ces années seule auprès d'une mère malade, elle s'était toujours très bien débrouillée. Désormais, elle était dans ce château dont elle ignorait encore comment elle y était arrivée... Elle venait d'apprendre qu'elle avait pour maman une fée... et un papa moitié korrigan... Sa tante, la reine des fées... Elle avait du mal à comprendre tout ce qui l'entourait, et lui arrivait en si peu de temps. Elle était une future fée avec des dons exceptionnels. Elle n'était pas encore bien consciente de tout ce qui lui arrivait. Ce rapport avec ses parents, ces choses étranges qui rôdaient autour d'elle, ces pouvoirs qui survenaient par sa seule pensée. Qui était-elle vraiment ? Pourquoi tout cela n'était-il jamais arrivé avant… ? Elle ne trouva pas de réponse.

Elle s'entendit répondre au jeune garçon.

— C'est à ma tante que vous faites honneur, moi, je n'ai pas besoin de vous.

— Pauline ! cria sa tante en lui jetant un regard furieux. Ce garçon est un de mes meilleurs gardiens. C'est grâce à lui si tu as pu t'enfuir ce soir du café.

— Ma tante, avec tout le respect que je vous dois, j'ai grandi pendant treize ans sans garde du corps ni ange gardien. Si vous me renvoyez chez moi, si je suis vos directives, je n'en ai vraiment pas besoin. Ce serait une perte de temps pour ce jeune homme à qui vous pourriez confier d'autres missions.

Elle s'arrêta de parler, elle avait entendu le déclic d'une des portes de la grande salle. Willy le géant entra. Pauline sursauta. Elle l'avait oublié.

— Ma reine ! Vous m'avez d'mandé ?

— Oui, mon bon Willy ! Je crois qu'il va falloir que tu fasses entendre raison à cette jeune écervelée pour qu'elle apprenne à ne pas discuter mes ordres. Je te la confie.

Pauline n'eut pas le temps d'ouvrir la bouche. D'une seule main, il la souleva, la passa sous son bras et l'emporta.

Chapitre 4

Le cachot

Willy la tenait sous son bras puissant. Elle s'agitait et il avait bien du mal à la calmer.

— Écoute-moi bien, damoiselle, tu ne dois pas contrarier la reine, sinon c'est au cachot que tu prendras tes cours, et avec une bonne correction. Mais pour le moment, tu t'en contenteras.

— Une correction ! Au cachot ! Grand Dieu ! Je n'ai rien fait de mal.

— Sans doute, mais le monde est ainsi fait. Les enfants qui désobéissent doivent être punis, tu as offensé notre reine, il semble que votre conversation ne se soit pas déroulée selon ses vœux.

— Et quelle va être ma punition ?

— Tu vas y rester plusieurs heures, le temps de la méditation. C'est le début de ton éducation. Tu dois apprendre à ne pas enfreindre la loi qui interdit à une fée de répondre et contrarier la reine. C'est la règle première...

Ils parcoururent plusieurs couloirs sombres qui parurent à Pauline durer une éternité. Il n'avait pas besoin de lumière, car autour de lui s'allumaient des petites lampes, comme celles qui ornent les sapins de Noël. Il la déposa avec précaution devant la porte du cachot, l'ouvrit, puis l'invita à entrer.

Pauline entra sur la pointe des pieds. Il faisait sombre et très froid. Il alla lui chercher une lampe et l'alluma. Pauline aperçut dans un coin du cachot une couverture posée à terre.

— Je suis désolé, dit Willy. Je reviendrai dans deux heures t'apporter un peu de soupe pour te réchauffer.

Pauline le regarda partir sans un mot. Elle regrettait d'avoir contrarié sa tante. Elle n'avait pas réfléchi aux conséquences, elle avait tant à apprendre.

Elle essuya d'un revers de manche une larme, tout en s'asseyant sur la couverture, dont elle prit un coin pour le mettre sur ses épaules. Elle se mit à réfléchir...

Elle se revoyait, vivant avec la femme qui l'avait élevée, qui l'avait aimée comme une mère, pendant toutes ces années. Elle ne s'était jamais doutée de rien, à part les étranges phénomènes qui survenaient sans qu'elle les provoque. Par exemple : la première fois qu'elle était allée à la piscine pour apprendre à nager, une petite-fille de cinq ans était tombée dans l'eau et allait se noyer ; sans réfléchir, elle avait plongé et sauvé la fillette.

Une autre fois, c'était en se promenant dans la forêt qui entourait son village pour ramasser des champignons. Sa mère et elle les adoraient, elles allaient pouvoir se faire un bon repas, mais la nuit l'avait surprise. N'ayant pas de lampe torche, sans éclairage, elle pensa qu'elle allait devoir y passer la nuit et, tout à coup, une lueur lunaire apparut, alors que c'était une nuit sans lune, elle avait pu alors reprendre son chemin. Elle avait encore bien d'autres anecdotes...

Elle s'était posé des tas de questions sur ces phénomènes, le pourquoi, le comment, mais sans jamais en avoir les réponses. Elle en avait parlé à sa mère qui ne lui avait pas répondu. Elle comprenait mieux désormais. Elle ne pouvait pas trahir la parole donnée à ses parents.

Tout à coup, elle s'aperçut que la lampe avait des faiblesses. Elle s'en approcha, et un visage lui apparut qui ressemblait à celui de la reine. Il était magnifique, lui souriait. Elle lui faisait des signes avec sa main, mais Pauline ne comprenait pas.

— Qui êtes-vous ?

Sa bouche restait muette, seules quelques larmes coulaient sur ses joues. Elle avait des yeux magnifiques, d'un bleu aussi pur que ceux de Pauline. Elle tendit ses mains vers cette image. Elle répéta sa question :

— Qui êtes-vous ?

Pour toute réponse, un bruit résonna, suivi d'un choc, comme si quelque chose venait de tomber. Puis le visage disparut, la lumière revint. Elle vit alors un livre.

Ce visage, elle en était sûre, ce n'était pas celui de la reine, ce ne pouvait être que celui de sa mère, puisqu'elles étaient jumelles. Elle le ramassa, il ressemblait au livre qu'elle avait lu. Elle l'ouvrit, mais les pages étaient blanches. Elle secoua le livre, une feuille glissa sur le sol, elle la ramassa et commença à lire.

« Garde précieusement ce livre, il te sera très utile. »

Elle ne comprenait pas, mais elle allait le garder précieusement. Elle le mit sur la couverture et s'allongea à côté.

L'heure de la soupe avait sonné depuis longtemps, le géant n'était pas encore venu. Pauline avait faim et froid. Elle mit ses mains dans les poches de son manteau, c'est alors qu'elle sentit la clé d'or que lui avait remis Diana. Cette clé ouvre toutes les portes, lui avait-elle dit. Pourquoi ne pas sortir de ce cachot ? Ce qu'elle essaya sur-le-champ.

La porte grinça un peu, mais elle était libre. Elle se hâtait de quitter ce lieu sinistre, avec son livre sous le bras, quand, en passant devant une porte, elle entendit des pleurs, elle tendit l'oreille.

— Qui est là ?

— Je suis Perline, le géant m'a enfermée, j'ai faim et froid.

Pauline, n'écoutant que son bon cœur, lui ouvrit la porte. Une petite fille, pas plus grande qu'elle, apparut.

— Oh ! Merci, mademoiselle ! Comme je suis heureuse de vous voir. Comment vous appelez-vous ?

— Pauline ! Je suis la nièce de la reine des fées. Pourquoi t'a-t-on enfermée ?

— Je ne voulais pas manger ma soupe, alors la reine a ordonné que l'on me mette au cachot. C'est la troisième fois cette semaine.

— Moi aussi, j'étais au cachot, mais pas pour les mêmes raisons.

— Elle va être très en colère si elle apprend que nous sommes sorties sans sa permission.

— C'est sûr qu'elle va le savoir, mais tant pis, j'ai trop faim et froid. Je n'ai pas le droit d'user de mes pouvoirs, alors il faut bien se débrouiller autrement.

Soudain, elles entendirent un grand bruit sonore, suivi de grognements. *Ce doit être le géant*, pensèrent-elles. Elles s'enfuirent dans la direction opposée. Elles se retrouvèrent dans un couloir, ne sachant pas où elles allaient aboutir.

— Tu sens cette odeur ? dit-elle à Perline.

— Oui, elle est nauséabonde.

Un autre grognement venant du couloir se fit entendre qui les fit frissonner. Pauline tenait dans une main sa lanterne, car il faisait sombre, et de l'autre son livre. Perline la suivait de très près. Elles s'arrêtèrent de marcher quand, à la lueur de la lanterne, apparut une ombre fantomatique et monstrueuse, qui se dressait le long du mur. Tremblantes et la bouche sèche, elles se tapirent contre le mur. Pauline aperçut une porte, elles devaient faire vite, car le monstre avançait, dégageant son odeur écœurante, tout en poussant des cris perçants. Elle tremblait tant qu'elle avait beaucoup de mal à introduire la clé dans la serrure, elle y parvint enfin.

— Viens ! Cours ! cria-t-elle à Perline, en la poussant à l'intérieur.

— Aïe ! Je me suis fait mal à la cheville.

Elle resta clouée devant l'entrée, incapable d'avancer ni de faire un geste. Pauline la tira à l'intérieur, elle eut heureusement le temps de fermer la porte.

Le monstre avait entendu le cri de Perline. Il se mit à frapper contre la porte, ses grognements s'intensifiaient, un nuage filtra sous la porte, répandant son odeur à l'intérieur.

À ce rythme-là, la porte n'allait pas tenir longtemps, les filles non plus. Perline pleurait, elle était assise sur le sol, sa douleur à la cheville lui laissa échapper de petit gémissement. Pauline n'avait plus le choix, elle devait faire quelque chose pour sortir de cette pièce où il n'y avait ni lumière ni fenêtre. Avant d'utiliser ses pouvoirs, il lui fallait se trouver face à l'ennemi. Elle devait l'affronter en le fixant droit dans les yeux. Elle était consciente des risques qu'elle prenait, si cela ne marchait pas, mais elle était prête à le prendre, elle n'avait plus le choix. Elle n'avait jamais appris, tout était inné, comme si elle avait toujours su le faire. Avant de connaître ses origines, elle pensait que c'était bizarre ; désormais, elle comprenait pourquoi...

Elle ouvrit la porte, lentement, en tenant toujours sa lampe. Quand elle se retrouva nez à nez avec cette chose, elle sursauta. Il faisait au moins trois mètres de haut, avait trois yeux, un trou de nez énorme, des jambes d'au moins un mètre, elle prit peur. Elle ne s'attendait pas à un tel monstre. Mais son instinct de combat prit le dessus. Elle ne s'arrêta pas sur son anatomie, elle le toisa, le fixa droit dans les yeux. La créature se redressa, lui imposant son énorme potentiel et sa force. Il brandit un bras dans sa direction ; il allait s'abattre sur elle quand des éclairs l'atteignirent et l'encerclèrent de tous côtés. Une flamme puissante s'enfonça dans sa tête, la faisant exploser, il s'écroula net. Pauline poussa un ouf de soulagement.

Elle entendit des bruits de pas. Elle sortit, pensant que c'était un autre monstre. Non, c'était Willy qui arrivait au pas de course. Il aperçut la carcasse du monstre.

— Qu'est-ce qui s'est passé ici ? Ma parole, que faites-vous toutes les deux ? Vous savez le bruit infernal que vous avez déclenché ? Vous allez voir le savon que va vous passer la reine. Suivez-moi, vous allez vous expliquer !

— Perline a mal à la cheville, elle est tombée, elle a dû se la tordre.

Willy les prit toutes deux dans ses bras et les emmena dans les appartements de la reine, qui jeta un regard sévère en direction de Pauline.

— Vous pouvez vous estimer heureuses de ne pas avoir été dévorées toutes les deux par ce monstre. Pourquoi vous êtes-vous enfuies ? Où pensiez-vous aller ?

— Ma reine ! Ne soyez pas trop dure avec votre nièce ! dit Perline, c'est ma faute. Elle m'a entendue pleurer et elle a voulu m'aider.

— Je sais qu'elle a voulu t'aider, mais elle est sortie du cachot sans ma permission, et elle n'avait pas le droit de t'ouvrir la porte.

Puis, se tournant vers Pauline :

— Où comptais-tu aller ? Tu ne connais pas le château. Tu as vu ce qu'il peut arriver aux petites filles désobéissantes ?

Pauline ne répondit pas, elle lui tendit le livre tombé dans le cachot.

La reine l'ouvrit.

— Je vois ! Je vois ! Il est temps que tu retournes chez toi.

— Qui m'a fait parvenir ce livre ? Que représente-t-il ?

— Il vient de ta mère, tu le sais déjà !

— Oui, je l'ai vue, elle est aussi belle que vous, ma tante.

La voix de la reine se radoucit, elle ne pouvait pas être trop dure avec sa nièce qu'elle venait de retrouver, et qui était un peu perdue dans ce nouveau monde, elle lui dit :

— Tu partiras demain, tu vas aller te restaurer et dormir un peu. Cette nuit, il ne se passera rien. Tu as réussi à terrasser le monstre, tes pouvoirs se développent rapidement. Il est temps que l'on s'occupe de toi.

— Le livre, ma tante ?

— Je ne peux t'en dire de plus, la seule chose, c'est que ta mère a réussi à rentrer en contact avec toi. Le reste des instructions, c'est ce livre qui te les fournira en temps voulu.

— Ma tante ! Puis-je vous poser une question ?

— Je t'écoute mon enfant.

— Quel est le prénom de mon père et ma mère ?

— Ta mère se prénomme Ophélie, ton père Orlando.

— Merci, ma tante.

Puis, une petite voix s'éleva.

— Ma reine, dit Perline, pouvez-vous m'accorder une faveur ? Je voudrais rester avec Pauline, je n'ai pas d'amie, je vous promets de manger ma soupe tous les soirs.

— D'accord, si tu tiens ta promesse, tu pourras étudier avec Pauline.

— Merci, ma reine. Je vais tout de suite aller la manger et me coucher.

Puis, se tournant vers Pauline, elle lui décrocha son plus beau sourire. Pauline venait pour la première fois se faire une amie.

Chapitre 5

Les secrets de la banque

Pauline était arrivée dans sa maison, qui n'avait pas changé extérieurement, mais l'intérieur était propre, sentait bon, un bon feu crépitait dans l'âtre, comme le jour où elle avait franchi les murs du château. Lorsqu'elle y vivait, tout cela était rarissime. Sa mère souffrante, elle au travail, ce n'était plus fait.

Sa première année d'études commença.

Elle avait fini par accepter la présence de Gerry, qui la suivait partout, surtout lorsqu'elle sortait prendre l'air. Pas de doute, il veillait bien sur elle. Dans la maison, il faisait tout, mais en se servant de sa baguette pour ne pas se fatiguer.

Elle se levait tous les matins à sept heures. Il l'entraînait au sport, contrôlant tout, la faisant travailler, physiquement, intellectuellement. C'était ce que Gerry appelait la « récréation ».

Avec Diana, c'est sûr qu'elle faisait travailler sa respiration, ses battements de cœur, après les efforts musculaires. C'est ce qui lui était le plus difficile, car elle transpirait beaucoup, et aucune goutte d'eau ne devait ruisseler sur son front. La moindre goutte était un indice pour les korrigans qui la cherchaient.

Pour la première fois, elle rencontra les licornes. Elle apprit à monter sur l'une d'elles, aux heures où elle avait le droit de s'éloigner de la maison.

Perline venait avec Diana, mais elle n'assistait jamais au cours du professeur Zipper-fin.

Un jour, elle posa la question à Diana :

— Pourquoi Perline ne vient-elle jamais aux cours du professeur ?

— Elle est sa fille, ils ne doivent jamais travailler ensemble, c'est la règle.

— Je l'ignorais.

— Ce n'est que le début, il y en a bien d'autres, mais tu as le temps de tout apprendre.

— Qui lui enseigne la magie ?

— Je lui fais les cours.

— Elle en a de la chance ! Moi aussi, j'aimerais bien que tu m'enseignes la magie.

— C'est le professeur qui m'a tout appris, et je préfère ma place à la sienne.

— Ah ! Pourquoi ?

— Il ne fait qu'enseigner, moi, j'exécute son enseignement. Perline est une exception, je l'ai acceptée par reconnaissance, et parce que je l'aime bien. Je sais qu'elle ne deviendra jamais une véritable fée, mais elle fera une excellente nymphe.

Comme elle avait raison, Pauline se sentait proche d'elle ! Au fond, elle mûrissait l'espoir d'être digne de son amitié, d'être aussi professionnelle. Elle ignorait à ce moment-là qu'elle serait bien plus...

Malgré un vent glacial, elle exécutait chaque jour ce qu'on lui imposait, sans jamais se plaindre. Depuis qu'elle était revenue chez elle, de nombreuses questions trottaient dans sa tête, toujours les mêmes. Comment et pourquoi était-elle arrivée au château ? Elle avait très envie de la lui poser. Elle ne se souvenait que du livre que lui avait remis la petite-fille de la fée, qu'elle n'avait d'ailleurs jamais revue. La dernière image qu'elle avait était celle de son village, et de sa maison. Elle ne se souvenait pas du reste. Elle n'avait pas encore ouvert le livre de sa mère.

Peut-être renfermait-il des réponses à ses questions.

Au fil des jours, Diana était satisfaite de son travail, elle réussissait avec une si grande facilité et habileté qu'elle en était même surprise. Elle finit par lui confier une baguette pour en apprendre son maniement. Il ne lui fallut qu'une journée pour en être maître, comme si elle avait toujours su le faire. Elle avait le doigté, car il fallait travailler les poignets, ainsi que la concentration. Au début, la baguette était invisible, seule celle qui la possédait connaissait son emplacement, généralement sous son vêtement. Elle devait apparaître à la vitesse de l'éclair, d'un simple cliquettement de doigts, cela demandait une importante application.

Lorsqu'elle irait avec Diana à la banque prendre un peu d'argent, elle s'en achèterait une, qui serait la plus belle, et la plus puissante, elle y pensait déjà. Elle voulait aller en voir avec Diana pour lui demander conseil. Cette dernière promit de l'accompagner, le jour où elles iraient. Elle serait enfin plus indépendante.

— Tout cela t'appartient, avait dit sa tante avant de partir. Cette maison, l'argent, et un jour, le dépenser à ta guise, mais à bon escient.

Pauline avait encore du mal à croire tout ce qui lui arrivait, elle qui n'avait jamais connu l'aisance.

La sortie était prévue pour le lendemain.

Elles partirent toutes les deux. Il était encore tôt, le soleil se levait à peine. Pauline avait reçu les consignes de Diana, lorsqu'elles arriveraient à la banque, et aussi à son coffre. Il n'y avait qu'une clause, il lui faudrait lui rendre des comptes sur les sommes prélevées. Pauline le comprit.

— Cet argent ne devra servir qu'à payer tes études et à te vêtir convenablement, lui avait dit sa tante. Tu auras droit à quelques petites sucreries. Diana sera ta tutrice jusqu'à la fin de tes études.

Diana était une fée accomplie, pleine de charme et de tendresse. Auprès d'elle, Pauline était heureuse, elle l'aimait comme une grande sœur, mais elle n'osait le lui dire. Elle était si patiente avec Perline, qui avait du mal à suivre le rythme. Car cette dernière était une rêveuse. Elle n'aimait que chanter, ce qu'elle faisait chaque jour depuis son arrivée chez Pauline.

Sa maison était située à une cinquantaine de kilomètres de la capitale. Pour s'y rendre, elles devaient prendre un train spécial. Il ne fallait pas perdre de temps ni flâner en chemin. Elles avaient cinq heures pour aller à la banque, effectuer les quelques achats vestimentaires, et trouver la baguette que Pauline désirait.

Elles se mirent en chemin, Perline les accompagnait. Elles n'avaient pas pu prendre le taxi lune, car c'était en plein jour à ce moment-là. Le train ne mit qu'une petite heure pour les conduire à destination. Pauline reconnut la banque, une grande bâtisse blanche au toit d'ardoises, une cheminée énorme qui ne ressemblait à aucune autre. Lorsqu'elle y était venue, elle n'avait pas pu voir l'intérieur.

En passant la première porte, elles découvrirent une immense statue. Elle représentait une magnifique jeune fille dénudée, une superbe toison d'or tombant sur ses reins. Pauline la contourna pour l'admirer.

— Eh oui ! C'est notre fée Méride, la fondatrice de cette banque, spécialement conçue pour toutes les fées du monde. Pour que la grande porte s'ouvre, il nous faut présenter son badge.

— Nous n'avons pas de badges, lancèrent en cœur Pauline et Perline.

— Perline, je suis désolée, tu vas devoir nous attendre, entre cette porte et celle de la banque, car tu n'y es pas autorisée. Je n'ai que le badge pour Pauline.

Elle pinça les lèvres, mais comprit.

Diana remit le badge à Pauline. Il représentait un trèfle à quatre feuilles, orné de petits strass blancs, à l'intérieur un numéro, le 1111.

— Ce numéro est celui de ton coffre.

Après les avoir insérés dans l'appareil, la grande porte en verre teinté s'ouvrit. Le hall était immense, il n'y avait aucun bruit, alors que de nombreuses personnes allaient et venaient, Pauline comprit pourquoi. Le sol était recouvert d'une épaisse moquette bleu azur, décorée de nuages blancs. Les personnes qui allaient et venaient semblaient glisser sur un tapis roulant, comme si elles allaient monter au ciel.

Un jeune homme s'approcha, en s'adressant à Diana.

— Bonjour, mademoiselle Diana. Vous avez la clé ?

— Oui, bonjour, monsieur Papa sous, permettez-moi de vous présenter Pauline, c'est pour son coffre que je viens aujourd'hui. Voici l'autorisation de la reine.

Elle lui tendit un parchemin.

— Très bien, je vais la faire accompagner. Veuillez attendre un instant, je vous prie.

Il revint quelques minutes après, suivi d'une femme d'un certain âge.

— Voici Mlle Bon-compte, elle est la responsable des coffres.

Pauline la salua, mais la demoiselle Bon-compte ne lui répondit pas. En silence, elle la suivit. Elle ressemblait plus à une sorcière qu'à une gardienne de coffre pour fées, dans son tailleur gris clair, parfaitement taillé, comme ses bas.

Elles prirent un ascenseur bizarre, entièrement tapissé de rouge si vif qu'il était en contraste avec le hall. Il n'y avait aucun bouton de commande. Sur les cloisons, d'étranges dessins : un serpent tenant dans sa bouche un billet de deux cents européens, un crapaud, un billet de cinq cents, un hibou, qui avait entre ses pattes une pièce de monnaie, dont elle ne put lire le montant. Ils n'étaient que d'affreux animaux. Mademoiselle Bon-compte dut lire ses pensées.

— Ces graffitis disent que tout ce qui touche la sorcellerie est interdit et banni ici. Si l'un deux voulait s'introduire, il y a au plafond une alarme qui les détecte, elle s'enclenche immédiatement en leur envoyant un gaz mortel.

— Cela est-il déjà arrivé ? lui demanda Pauline.

— Oui, il n'y a pas si longtemps.

Elle n'en apprit pas plus, l'ascenseur s'immobilisa dans une secousse qui faillit la faire tomber.

— Excusez-moi, mademoiselle, mais il a besoin d'une petite réparation ; depuis que cette chose est venue, il marche très mal.

Pauline frissonna, de quelle chose voulait-elle parler ?

Après être sorties de l'ascenseur, elles parcoururent encore plusieurs mètres de couloir. La demoiselle marchait très vite.

— De quelle chose voulez-vous parler ?

Elle ne lui répondit pas. Pauline ne la lâchait pas d'une semelle. Elle avait encore un peu de mal à contrôler ses peurs. Tous les passages étaient identiques. Elle s'arrêta enfin pour lire le parchemin. Il y avait une astuce que Pauline décela en fixant ses yeux, elle réussit à entrer dans son esprit. Mlle Bon-compte lisait le document que Diana lui avait remis. Elle comptait dans sa tête, Pauline en fit autant. Elle se servait des renseignements inscrits, concernant Pauline.

Elle fit l'opération en même temps qu'elle. Il suffisait d'additionner le nombre d'étages parcouru dans l'ascenseur, 5, l'ajouter au numéro du coffre, c'est-à-dire 1111 + 5 = 1116, le diviser par deux = 558 + son âge, 13 ans, ce qui fait 571. Il y avait 600 couloirs, un vrai labyrinthe. Ils avaient tous un numéro, il ne restait plus qu'à emprunter le couloir numéro 5, puis le 7, et finir par le 1.

Une chambre forte apparut enfin, elle brillait comme si elle était en or.

— Elle est en or, répondit Mlle Bon-compte.

Pauline, étonnée, la regarda.

— Oui, chère demoiselle, je lis dans les pensées, c'est pour cette raison que je suis responsable de ces lieux. Et si je n'avais pas pu entrer en contact avec vous, c'est que vous n'auriez pas été une véritable fée.

Cette fois, c'est Pauline qui ne répondit pas, elle lui sourit.

Une chose la rassura, Mlle Bon-compte ignorait qu'elle avait aussi lu dans les siennes. Elle la regarda faire, avec sa baguette magique. Elle fit pivoter la lourde porte, en marmonnant une formule qu'elle ne comprit pas.

— Vous pouvez entrer, je vais vous attendre ici.

Ce que Pauline vit alors la stupéfia. Soigneusement alignés, plusieurs lingots d'or et d'argent brillaient de tout leur éclat. Des liasses à l'effigie des portes de Notre-Dame de Paris et de la reine des fées étaient disposées sur une étagère, à côté un petit livret. Pauline s'en empara, et lut le message qu'il contenait...

« Ma fille chérie,

Le jour où tu liras ce message sera un jour heureux pour toi et pour nous. Cela voudra dire que tu connais enfin notre existence, que ton éducation avance, que tu as maintenant un certain savoir sur notre magie. Au bout de ce chemin, peut-être nous retrouverons-nous ? Nous t'aimons et espérons... Prends tout l'argent dont tu as besoin, tu pourras t'offrir tout ce qui te fera plaisir, dans la limite du raisonnable, car nous savons toutes les privations que tu as connues. »

Elle était signée : « Ta Maman et ton Papa qui t'aiment. Op et Or. »

Pauline était émue aux larmes, pour la première fois, elle voyait la signature de ses parents, elle ne voulait pas verser de larmes. Elle contracta tous ses muscles du visage, se concentra, aucune larme ne coula. Elle en fut fière.

Elle n'avait aucune notion de la valeur de l'argent, elle ne savait pas combien en prendre. Il y avait tant de liasses qu'elle n'avait aucune idée de son besoin. Elle plongea son subconscient, le mit un état second, pour trouver de combien de billets elle avait besoin pour ses achats... Quels étaient ses achats ? Combien coûtaient les sucreries ?

Elle plongea ses petites mains dans les liasses de 500 cents, les regarda.

—Je pense que j'en aurai assez. De toute façon, si j'ai d'autres besoins ou envies, je reviendrai. Dire que tout cet argent m'appartient, c'est difficile à croire. Et que toutes ces années, ma mère nourricière n'avait même pas de quoi nous acheter à manger !

Sa mère nourricière : elle aurait bien aimé lui rendre visite dans son hôpital, mais elle ne savait pas si cela était possible.

Après avoir rempli la sacoche que Diana lui avait donnée, elle la passa autour de son cou et sortit. Mlle Bon-compte ferma les yeux, leva sa baguette, la porte se referma dans une magnifique lumière, puis disparut dans un épais brouillard. Elles refirent le chemin du retour.

Malgré sa curiosité, elle ne lui posa pas d'autres questions : Mlle Bon-compte ne devait pas avoir envie de lui dévoiler ses secrets.

Une fois dans l'ascenseur, elle lança :

— Fais attention, petite fille, la curiosité est parfois dangereuse.

Pauline ferma les yeux, elle comprit pourquoi elle lui disait cela.

Lorsque Diana vit tout cet argent, elle dit :

— Heu... Pauline !

— Oui, répondit-elle, en lui montrant ce qu'il y avait dans le sac.

— Que comptes-tu faire de tout cet argent ? Tu en as pris beaucoup !

— Je n'en ai aucune idée, mais d'après mes calculs, il y en a suffisamment pour toutes les fournitures dont je vais avoir besoin. J'ai aussi très envie de m'acheter la plus belle et la plus puissante des baguettes magiques, maintenant que j'en ai les moyens. J'aimerais aussi régler les frais d'hôpital pour ma mère nourricière, pour qu'elle guérisse plus vite, et qu'elle ait les meilleurs médecins. Cet argent lui sera utile lorsqu'elle reviendra chez elle. Nous avons tellement manqué d'argent.

— Ce sera en effet utile, tu as bien raison. Mais pour le moment, elle n'en a pas besoin.

— Pourrai-je lui rendre visite ?

— Pas encore, elle est amnésique. Allez, ne traînons pas, nous avons des achats à faire.

Elle coupa court à sa question et Pauline n'insista pas. Elles avaient encore du chemin à faire.

Perline les attendait, sagement assise sur un banc ; dès qu'elle les vit, elle se leva et les suivit. Elles arrivèrent devant une boutique, dont la devanture était entièrement recouverte de roses blanches, de fleurs de lys, et d'autres de toutes sortes et couleurs, des fraîches et d'autres artificielles. La plupart étaient montées en couronnes. Diana les invita à entrer.

— Tu vas faire la connaissance de Mme Fleuron, c'est une très gentille fée, et très douée pour nous trouver ce dont on a besoin. Elle va te vêtir de la tête aux pieds, tu vas te retrouver d'un seul coup de baguette vêtue comme une princesse.

Quand Pauline vit l'intérieur, elle écarquilla les yeux. Des robes, des couronnes, des chaussures, des collants, des gants, des chapeaux, il y avait aussi des baguettes magiques de toutes couleurs, de toutes longueurs, plus belles les unes que les autres.

Le choix va être difficile, pensa-t-elle.

— Bonjour, mademoiselle Diana, lança Mme Fleuron. Je vois que vous êtes accompagnée de deux belles jeunes filles.

— Oui, bonjour, madame Fleuron, je vous présente Pauline et Perline. Comme vous le voyez, elles ont besoin de tout un assortiment vestimentaire.

— Aucun problème, j'ai tout ce qu'il vous faut. Approchez mes enfants.

Elle commença par Pauline ; elle la regarda, prit sa baguette, la plaça le long de son corps, de bas en haut, de droite à gauche, examina ses yeux, ses cheveux et la couleur de sa peau.

— Pour Pauline, vous lui ferez plusieurs tenues, s'il vous plaît. Quant à Perline, elle a besoin d'un vêtement de sport.

— Combien en voulez-vous pour Pauline ?

— Pour commencer, vous pouvez lui en faire quatre. Une pour les cours, une pour l'équitation, une pour les sorties en ville, et la dernière pour ce que vous savez.

Pauline la regarda : que voulait-elle dire par « ce que vous savez » ? Mais elle n'en sut pas plus. Mme Fleuron l'installa devant un miroir, prit une baguette sertie de petits diamants. Son étoile était d'une blancheur incomparable, un blanc résultant de la combinaison de toutes les couleurs du spectre solaire. Le manche était blanc comme la neige, il s'y reflétait des milliers de petits diamants. Pauline était éblouie. Elle n'eut pas le temps de voir le geste que fit Mme Fleuron, elle ne vit que les multiples couleurs qui l'envahirent entièrement, elle se retrouva soudain transformée en une princesse des mille et une nuits.

Le miroir lui renvoya une image d'une splendeur qu'elle-même n'aurait pas imaginée. Sa coiffure aussi avait changé, avec cette superbe couronne garnie de petites roses blanches, posée sur sa tête et ses cheveux bouclés. Sa robe, entièrement faite de dentelle fine, crissait sous ses doigts. Des petits mocassins blancs assortis vinrent embellir ses petits pieds, portant dessus un papillon bleu et blanc.

— Comme tu es belle ! dit Diana. Mais il manque quelque chose...

— Euh... oui, oui, quoi ? Je ne vois pas, ajouta Mme Fleuron.

— Sa taille, autour de sa taille, il manque une ceinture !

— Oui, en effet, dit Mme Fleuron, nous allons arranger cela tout de suite.

La baguette ne lança que de petits éclairs. En une petite poudre blanche, une ceinture de même couleur entoura sa taille.

— Parfait, passons maintenant à la suivante, car le temps presse, je ne sais pas si nous aurons le temps de tout faire aujourd'hui, il nous faudra revenir. Mettez celle-ci de côté, je la prends.

Mme Fleuron changea de baguette, celle-là était en bois d'ébène gris. Elle la secoua, et tout ce que portait Pauline se retrouva plié sur le comptoir.

Soudain, une jeune femme sortit du mur. Elle était jolie, mais avait un étrange regard. Diana, mal à l'aise, lança :

— Que faites-vous ici ?

— Je savais que je vous trouverais là, j'ai un message de la part de la reine.

Diana disparut un moment avec la créature.

Pendant ce temps, Mme Fleuron continuait de transformer Pauline, comme si de rien n'était. Elle venait de l'habiller en cavalière, mais Pauline était préoccupée par l'absence de Diana qui tardait à revenir.

Mme Fleuron, s'apercevant de son inquiétude, engagea la conversation.

— Je suis sûre que vous aurez un bel avenir, mademoiselle Pauline. Si c'est Mlle Diana qui se charge de votre éducation. Elle connaît si bien les bonnes manières. Vous savez, elle a été une vraie princesse dans l'autre monde, elle était adorée. En ce moment, elle a une lourde mission, en plus de s'occuper de vous, car…

Elle n'eut pas le temps d'achever sa phrase, Diana venait de surgir.

— Voulez-vous vous taire, madame Fleuron, cela ne regarde pas Pauline.

— Excusez-moi, mademoiselle Diana ! Cela m'a échappé, je vous admire tant. Je sais le bien que vous avez fait autour de vous et que vous faites encore.

— N'en parlons pas, je vous en prie, taisez-vous ! lui lança-t-elle, d'une voix claire mais ferme. Mettez de côté sa tenue de cavalière, nous repasserons la prendre un de ces jours.

— Désolée, mademoiselle Diana, excusez-moi !

— Ce n'est rien, je ne vous en veux pas, mais essayez de tenir votre langue !

— C'est promis, mademoiselle Diana.

Elle ne savait plus quoi dire, elle venait de se rendre compte qu'elle avait dépassé les limites de la correction.

Les fées ne doivent pas cancaner entre elles, c'est interdit. On a le droit de lire dans les esprits, mais pas de divulguer ce que l'on sait, sauf si elles vous en donnent la permission. Pauline venait d'entendre une autre personne parler pour la première fois de Diana. Elle savait depuis quelque temps qu'un mystère l'entourait, mais elle ne voulait pas être indiscrète ni lui faire de la peine, pourtant sa curiosité était en éveil.

Lorsqu'elles reprirent le chemin du retour, le soleil était à son déclin. Pauline n'avait prononcé aucun mot, elle était en train de lutter contre elle-même. Le désir de percer son secret devenait si fort qu'elle avait du mal à se contrôler.

Perline restait silencieuse, elle tenait entre ses bras le paquet contenant sa tenue de sport.

Diana rompit la première ce silence, elle sentait que Pauline se posait différentes questions à son sujet.

— Voulez-vous que nous allions boire quelque chose ? Vous n'avez rien pris de la journée...

— Oh, oui ! répondirent-elles en cœur.

Elles entrèrent dans une brasserie, où une odeur de chocolat chaud chatouilla leurs narines. Cette odeur permit à Pauline de chasser les questions qu'elle avait dans sa tête. Il lui fallait éviter ses investigations. C'est une direction dont elle ne maîtrisait pas encore assez bien les effets.

Chapitre 6
Leçons de magie

Cette première année passée à étudier avait été contraignante, mais très instructive. Pauline faisait d'énormes progrès, elle s'acharnait à apprendre toujours plus, à faire toujours mieux. Diana n'en revenait pas de sa volonté à se surpasser, sa puissance se développait de jour en jour, elle ne sentait même pas la fatigue.

Perline suivait avec plus de mal les quelques cours qu'elle lui donnait. À chaque évocation du mot sorcellerie, elle se mettait à trembler de peur. Certains jours, elle restait enfermée dans sa chambre, ayant toujours à portée de main la baguette qui lui avait été remise pour s'exercer, dont elle se servait au moindre bruit suspect. Elle l'agitait alors dans tous les sens, croyant avoir à faire à un mauvais génie. Elle passait le plus clair de son temps à composer et écrire des chansons.

Pauline passait ses nuits à lire les manuels qu'avait achetés Diana. Elle avait fini par trouver sa baguette magique en bois de merisier, ornée d'une chaîne d'or. Sa pointe, sertie d'un diamant rond, lançait des lumières multicolores.

Chaque jour, elle et Diana devenaient très proches. Cette dernière était avec elle d'une patience d'ange.

(Voilà un mot qu'il ne fallait jamais prononcer : « ange ». Trop de personnes les associent aux fées. Ces dernières sont immortelles, seuls leurs buts sont identiques. Certains ont des ailes, d'autres pas, comme les fées. Mais pas dans le royaume où elle se trouvait.)

Diana n'en avait encore jamais rencontré. Mais des sorciers et des sorcières… ça, oui, ils étaient plus nombreux que les fées, et plus méchants. C'est pour toutes ces raisons qu'elles devaient être très vigilantes.

Ce matin-là, Diana allait conduire ses élèves dans un endroit encore secret.

Pour la première fois, elles allaient être confrontées à un exercice réel, qui apporterait la preuve de ce qu'elles avaient appris. Pauline était ravie de mesurer sa force et ses pouvoirs. Perline moins. Ni l'une ni l'autre ne savait ce qui les attendait…

Elles vêtirent leur tenue de sortie : une robe couleur pourpre, un chapeau rond, une cape. Dessus, Diana avait épinglé une broche représentant un oiseau multicolore.

Elles partirent tôt, le chemin était long. Pour s'y rendre, elles prirent un carrosse tiré par quatre magnifiques licornes. Le cocher, M. Fileletrain, avait sa tenue spéciale. Une cape noire le recouvrait entièrement. Cette tenue ressemblait à celle des sorciers, comme celle que Pauline avait découverte chez Mme Fleuron. Des habits écrus, pantalon et chemise à manches bouffantes, tout était de même ton.

Elle n'en avait jamais vu porter par un homme. Diana leur avait dit que c'était l'habit de tous les jours, sauf pour les missions spéciales.

Le carrosse filait bon train. Pauline, installée près de la fenêtre, se laissait bercer, la main sur la poignée de la porte. Elle voulait regarder l'extérieur, mais Diana avait baissé le rideau, et lui avait fait signe de ne pas l'ouvrir. Perline, blottie dans un coin, dormait. Tout à coup, elle se mit à jacasser et à pousser de petits cris, elle était en train de rêver.

— Oh ! M'man ! J'ai peur, viens me chercher...

— Pauvre petite, dit Diana en s'approchant d'elle.

Elle la prit dans ses bras, la berça.

— Ne t'en fais pas, dit-elle. Tu ne crains rien, je reste près de toi. Tout se passera bien, tu verras.

Perline ouvrit les yeux, et se blottit contre elle.

— Désirez-vous quelque chose ? demanda Diana en désignant le panier qu'elle avait emporté.

Elles n'avaient pas encore déjeuné et répondirent très vite oui !

Elle déballa un paquet, où plusieurs petits pains briochés, garnis d'une belle tranche de jambon, apparurent.

— Avez-vous du chocolat ? demanda Perline.

— Oui, sers-toi, dit-elle en lui tendant une tablette.

Perline ne se le fit pas dire deux fois, elle avait très faim. Elle se jeta sur le pain brioché et la barre de chocolat, qu'elle croqua avec gourmandise. Ce qui fit rire les deux autres.

— Perline ! lui dit Diana, mange proprement ; ma parole, on dirait que tu n'as pas mangé depuis plusieurs jours !

— Je vous demande pardon, mademoiselle Diana, mais hier soir, je n'ai rien pu avaler.

— Et pour quelle raison ?

— Ce doit être à cause de ce qu'on va faire aujourd'hui.

— Tu ne dois pas être inquiète, nous sommes presque arrivées, répondit Diana.

Elle ouvrit les rideaux, un rayon de soleil filtra. Le carrosse traversait la campagne. Pauline et Perline s'approchèrent de la fenêtre. Le paysage était merveilleux. Des licornes sauvages galopaient non loin, à travers des champs à perte de vue.

— Nous avons traversé les collines et les forêts sans encombre, nous pouvons maintenant admirer le paysage.

— Mais où sommes-nous ? demanda Pauline.

— Nous approchons, dans une heure, nous allons atteindre le château de la fée Morgiane.

— Qui est la fée Morgiane ?

— Elle va vous aider à affiner vos connaissances. Vous verrez, elle est très belle, très douce. Dans le passé, elle a fait de merveilleux miracles. Elle enseigne aussi à des enfants de sorciers repentis.

Elle sortit de sa valise une de ses baguettes, ornée de fils d'or et d'argent.

— Préparez-vous, je vais vous changer en fées plus présentables.

Elle prononça cette formule :

— *Du soleil levant, au soleil couchant. Que cet or et cet argent vous changent en bel enfant, que vos tenues se transforment, en un bel habit de fée de la tête aux pieds.*

Elle l'agita vers l'une et l'autre. Un magnifique cerceau de poussière d'or et d'argent les entoura. Cela ne dura que quelques secondes. Les deux jeunes filles se retrouvèrent vêtues en adorables petites fées, vêtues de blanc, d'une robe à larges manches tombantes, garnie de dentelle.

Pauline constata que la robe de son amie n'était pas aussi jolie que la sienne, mais elle ne le releva pas, elle savait pourquoi. Diana avait acheté ces vêtements avec l'argent que de ses parents, le papa de Perline n'était que professeur, son salaire était moins important. Malgré ça, Perline était toujours bien habillée, seule la qualité était inférieure.

Une fois la transformation achevée, elle retourna sa baguette sur elle et prononça la même formule. Le même cerceau l'entoura, elle apparut en véritable princesse, une couronne d'or sertie de pierres précieuses posée sur sa jolie tête. Elle était si belle que Pauline ne put s'empêcher de s'exclamer :

— Vous êtes la princesse... Diana ! Je le savais... !

— Oui, je suis la princesse Diana, mais vous devez garder pour vous ce secret. Personne en dehors de la reine ne me connaît, ils ne doivent jamais savoir. Je veux votre promesse.

— Je vous le promets, répondit Pauline. Je vous jure que je n'en parlerai jamais à personne. Je suis trop heureuse, je vous aime tant.

— Et toi, Perline ?

— Moi aussi, je jure.

— C'est bien. Je vais aller voir le cocher, je dois le transformer avant de poursuivre notre chemin.

Pendant que Diana se rendait auprès du cocher, Pauline s'adressa à Perline.

— Te rends-tu compte ? Elle est la princesse au grand cœur. Je sais presque tout sur elle, j'ai lu son histoire. Elle a deux fils, dont l'aîné lui ressemble beaucoup. Elle mérite d'être devenue une fée, car bien qu'elle ait épousé un prince, sa vie n'avait pas été un conte...

— Moi, je ne savais pas, dit Perline, si j'avais su, j'aurais lu le livre.

— Peut-être en auras-tu un jour l'occasion !

— Pour le moment, ce sont les livres de magie que vous allez pouvoir lire, répondit Diana, qui venait de s'installer sur le siège.

Elle se laissa aller contre la banquette. La conversation sur elle s'arrêta là. Le carrosse entra dans la cour du château. En descendant, Pauline ne reconnut pas tout de suite le cocher, il était vêtu comme un homme normal. Il vint leur ouvrir la porte, les aida à descendre, puis remonta sur son carrosse pour conduire les licornes aux écuries.

La grande porte du château s'ouvrit, une femme d'une beauté époustouflante apparut.

— Chère Diana, comme je suis heureuse de vous revoir ! Ce sont vos petites protégées, comme elles sont jolies ! Entrez, venez vite vous réchauffer, il fait si froid.

Pauline et Perline suivirent Diana, qui emboîtait le pas de la châtelaine.

— Chère Morgiane, moi aussi, je suis heureuse de vous retrouver, et de vous confier ces futures petites fées.

Pauline ouvrit de grands yeux. Diana venait de dire : « vous confier ces futures fées... », comme cette phrase sonnait bien dans sa bouche !

Elle regardait à la fois Diana et la fée Morgiane. Elles n'avaient aucun bagage.

Elle comprit qu'elles n'en auraient pas besoin, leurs baguettes suffisaient. Elle regarda Perline, qui avait un regard bizarre. La fée

Morgiane venait d'ouvrir une porte, apparurent deux jeunes garçons et jeunes filles.

— Je vous présente vos futurs camarades. Malandrin et Vivaldi, deux futurs H.F., Jennifer et Berengère, deux futures fées.

Puis se tournant vers elles :

— Voici Pauline et Perline, elles viennent du royaume de la reine des fées, Mirabella.

— Bonjour ! lancèrent-ils ensemble.

— Es-tu Pauline, la nièce de la reine Mirabella ? lui demanda Jennifer.

— Oui, c'est moi !

Elle la toisa, puis tourna les talons, tirant Bérengère par la main.

— Cela commence bien ! Comment me connaît-elle ?

— N'y fais pas attention, dit la fée Morgiane, elle est en pleine transformation. Elle est la fille d'un couple, dont la mère est une sorcière repentie, et son père est un H.F., un excellent magicien. Ils sont les gardiens de nos licornes. Elle a du chemin à faire avant de se séparer de ses origines, car elle est sous l'influence de sa grand-mère maternelle, une sorcière redoutable.

— J'espère en tout cas qu'elle sera plus coopérante, dit Diana.

— Elles ne se verront que dans certains cours, répondit Morgiane. Elles ne se rencontreront qu'aux heures des repas et pour les promenades. Elles ne seront ensemble que pour les cours de magie, si le professeur veut bien.

Pauline se tourna vers Diana.

— Pourquoi ne pas nous avoir informées que nous allions vivre ici ?

— Je ne pouvais rien vous dire, surtout à toi, car ton esprit perturbé risquait de provoquer des ondes, et d'alerter les korrigans qui te cherchent. J'en suis désolée, mais c'était pour notre protection. Ici, vous ne risquez rien, il y a un mur d'ondes qui protège une grande partie du château. Après votre installation, vous irez aux cours de Me Collation. Vous pourrez aussi l'appeler Mange-tout, car c'est un vrai carnassier.

— Lorsque les enfants travaillent mal, chez les petits sorciers ou sorcières, il les dévore du regard, et tous se mettent à trembler, reprit la fée Morgiane.

Elles se mirent à rire. À quoi pensaient-elles ? Pauline comprit qu'elle n'allait pas se faire que des amis avec ces moitiés fées, sorciers, sorcières ; elle allait devoir s'en méfier pour éviter des problèmes.

Elle se tourna vers Perline.

— On va devoir faire attention à ne pas trop fréquenter ces sorcières, je les vois mal devenir des fées. Ce n'est qu'un conseil que je te donne, et je vais également me l'appliquer, lui dit-elle.

— Je serai prudente, lui répondit-elle.

La voix de Diana retentit :

— Je vous accompagne à votre chambre, il faut que je vous parle. Après, je repars au château de la reine. Je viendrai vous voir toutes les semaines pour me rendre compte de votre travail.

Les deux fillettes la suivirent. Diana semblait bien connaître les lieux. Guidées par une lampe-tempête, elles grimpèrent un long escalier creusé dans la roche.

Elles découvrirent leur chambre qui était immense, bien chauffée, claire et très propre. Pendant leur séjour, elles occuperaient la même chambre. Pauline aurait voulu être seule, comme chez elle, mais elle n'avait pas le choix. Diana leur donna quelques conseils et des instructions.

— Pendant cette année d'études, et tous les jours des cours, Morgiane viendra vous chercher, elle vous fera visiter les lieux pour que vous ne vous perdiez pas. Vous devez vous sentir comme au château de ta tante. Elle sera à votre écoute si vous la sollicitez. À chaque résultat et bonne note, vous aurez droit à une notation spéciale. Mais à chaque bêtise, ou si vous avez mal travaillé, votre notation sera supprimée et repoussera de quelques jours votre examen final. J'espère que vous saurez vous en montrer digne, et que vous me ferez l'honneur de bien travailler. J'ai tellement d'ambitions vous concernant, surtout toi, Pauline, dit-elle à son oreille. Je vous laisse maintenant vous préparer, vous devez mettre vos tenues d'écolières. Je reviendrai vous dire au revoir lorsque vous serez prêtes. Vous savez que pour le moment, vous ne pouvez pas vous servir de vos baguettes. Toutes vos tenues sont soigneusement rangées dans vos placards. De ce côté, c'est le tien, Perline, l'autre est celui de Pauline. Il y a tout ce qu'il vous faut. Lorsque je reviendrai, vous me donnerez la liste que la fée ou le professeur vous aura faite.

— Je suis triste de vous voir partir, dit Pauline, vous allez nous manquer.

— Vous aussi, mais mieux vous travaillerez, plus vite nous nous retrouverons, nous aurons tant à faire ensemble.

Puis elle sortit en silence.

Pauline savait que leur séparation ne serait pas longue. Elle avait tellement envie de réussir qu'elle était déjà prête à affronter cette épreuve. Elle avait déjà tant appris auprès d'elle. Elle lui avait enseigné la patience, la tolérance et le respect. Elles avaient parcouru ensemble un bout de chemin. Elle savait qu'elle avait des pouvoirs, mais qu'elle devait encore apprendre pour bien s'en servir. Il y avait tant de choses à accomplir dans ce monde, tant de rêves à réaliser, tant de misères à soulager. Elle devait s'y préparer.

Dans son premier monde, Diana avait tant donné d'elle-même, tant apporté aux autres ; et elle continuait ses missions, mais elle avait besoin d'être secondée. Elle s'était investie corps et âme pour les enfants du Tiers Monde, avec qui elle avait eu une relation privilégiée.

Le monde entier avait été subjugué par son charme, sa beauté et par la compassion qu'elle éprouvait pour tous les malades. Elle s'était investie entièrement dans son rôle, et son combat contre les mines antipersonnel, grâce à elle, de nombreux enfants connaissaient une meilleure vie, mais il restait encore tant à faire. Aussi, la retrouver au milieu des fées était naturel, normal pour Pauline. Diana était née pour devenir ce qu'elle était désormais. Ses missions n'étaient pas finies. Tout à coup, elle se sentit inspirée, elle se mit à réciter à voix basse ce poème :

— *Je voudrais être une fleur, dans votre cœur, avec des pétales, comme des pleurs,*

Ce serait un p'tit bonheur, de me glisser dans votre âme, juste une heure,

Avant qu'elle ne tombe et se fane, pour venir mourir à vos pieds...

Pauline avait cette facilité de trouver rapidement les mots, les phrases, elle ne savait pas encore jusqu'où pouvaient aller ses possibilités.

Chaque jour qui passait lui en apportait des échantillons. Elle s'était mise en tête de faire un jour son portrait, alors qu'elle n'avait jamais tenu un pinceau de sa vie. Mais n'avait-elle pas des pouvoirs ?

Il avait été dit tant de choses sur Diana, et elle leur avait fait gagner des milliards dans son monde. Elle avait été harcelée par les paparazzis, elle n'avait connu que la peur et la fuite, désormais, elle trouvait la paix.

Tout à coup, la voix de Perline s'éleva.

— Pauline ! Pauline ! Réveille-toi !

— Mais je ne dors pas !

— Pourtant, tu étais ailleurs, cela fait cinq minutes que je t'appelle.

— Bon, d'accord, j'étais ailleurs.

— Je crois qu'on nous attend, je viens d'entendre une voix qui nous appelle.

Elle n'avait rien entendu, mais elle la suivit.

Elles avaient du mal à trouver leur chemin, dans ces couloirs mal éclairés et froids. Pauline fit travailler ses dons de voyance. Perline ne pouvait que la suivre, car sans l'avouer, elle avait peur, n'ayant pas ses pouvoirs. Pauline savait que c'était son père qui avait insisté pour qu'elle devienne une fée, en souvenir de sa mère. Car elle n'était douée que pour la danse et le chant. Elle avait en effet une très jolie voix, elle n'avait accepté d'étudier que pour plaire à son père.

Pauline l'avait plusieurs fois surprise avec sa baguette, mais elle ne s'en servait que pour battre la mesure, en écoutant la musique. Elle lançait alors de petits éclairs, qui n'avaient rien de magique. Pauline souriait en la voyant faire, sans jamais se moquer. Peut-être qu'un jour, elle s'en servirait autrement. Quand elle essayait de s'appliquer, ça devenait catastrophique. La dernière fois, alors que Diana lui tenait le poignet pour qu'elle la tienne correctement entre ses doigts, elle l'avait secouée si fort que la baguette lui avait échappé et était partie en direction du plafond, brisant le lustre de la salle. Diana l'avait sermonnée en douceur, mais Perline, vexée, avait pleuré toute la journée.

Pauline se demandait si elle allait pouvoir continuer les cours, dont elle ignorait encore par quoi ils allaient commencer.

Elles arrivèrent devant une salle sur le mur de laquelle était inscrit : « Cours pour fées ». Elles allaient enfin faire la connaissance de leur professeur, Me Collation, et des autres élèves. Ce premier cours consistait à différencier le bien du mal, et à éviter les mauvais sorts.

À l'intérieur, quatre tables en bois de hêtre au milieu de la pièce, avec deux sièges. Sur chaque table, il y avait un ordinateur. Pauline se souvint du livre qu'elle avait lu. Cette image lui était familière. Sur les quatre tables, une seule était vide, les autres étaient occupées par quatre jeunes filles. Pauline eut le temps de lire leurs noms : Bérengère, Jennifer, Roberta et Céline. Les deux garçons, Malandrin et Vivaldi.

La fée Morgiane les attendait :

— Venez ! Prenez place, nous n'attendions plus que vous. Pour cette fois, vous êtes excusées de ce léger retard, car vous êtes nouvelles, mais à l'avenir, il vous faudra être à l'heure.

Elles baissèrent la tête.

Elle sortit, les laissant sous la surveillance de Me Collation. Un homme trapu, au ventre bedonnant, une tête ronde aux joues violacées et une petite barbichette. Il se tenait derrière un bureau qui, à lui tout seul, faisait au moins trois mètres. Il allait et venait d'un bout à l'autre.

Pauline et Perline prirent place sur l'unique banc vide, accompagnées du regard des autres élèves.

— Bien, je vois que tout le monde est là. Nous allons pouvoir commencer, dit-il d'une voix autoritaire.

Pauline regarda les deux jeunes filles qu'elle n'avait pas encore vues. Il y avait une petite rousse mignonne, aux longs cheveux tressés, qui portait une robe bleue, elle était très jolie, c'était Roberta. À ses côtés, une autre fille brune, dont Pauline ne vit que le petit nez en trompette, Céline.

Tout à coup, l'une d'elles poussa un cri. Pauline, comme les autres élèves, tourna la tête vers l'écran de l'ordinateur qui se trouvait sur le bureau du maître : un monstre apparut, une énorme bête avec de longs tentacules à la place des bras.

Il grimaçait et lançait des jets de flammes, qui traversèrent l'écran pour venir s'écraser sur le mur de la classe. Me Collation se mit à hurler dans sa barbichette.

— Qui a fait ça ? Que vient-il faire ici, celui-là ? Qui a osé lancer ce monstre dans la classe ? S'il ne se dénonce pas tout de suite, je vais être obligé de le démasquer moi-même, et il connaît la punition qui l'attend...

Un silence s'installa, tous se regardaient.

— Ce doit être les nouvelles, M'sieur ! lança Jennifer.

Il regarda Pauline et Perline, qui se gardèrent bien d'ouvrir la bouche.

— Est-ce vous, mesdemoiselles ?

— Non, maître, ce n'est pas nous ! lancèrent-elles.

Pauline éprouva une sensation bizarre, comme si soudain, la terre s'ouvrait sous ses pieds. Le lieu était étrange, avec les chandelles posées sur le bord des fenêtres. Un courant froid lui parcourut tout le corps ; que lui arrivait-il ?

— Jennifer, lança le maître. Venez me rejoindre.

Elle ne bougea pas. Pauline la regardait. Ce qu'elle vit alors dans la clarté des chandelles la stupéfia. Le visage de Jennifer se mit à briller et à brûler comme une torche. Elle regarda les autres élèves, tous étaient immobiles, paralysés, le visage tétanisé par cette vision. Le maître aussi. Mais que se passait-il ? Jennifer riait, elle exultait, debout sur sa chaise. Pauline comprit que, pour la première fois, elle voyait une vraie sorcière en action. Voulait-elle épater la classe, ou simplement leur faire peur. Pauline se tourna vers elle, ce qui eut l'effet de l'étonner, car tous les autres étaient paralysés. Elle essaya de lui lancer un des tentacules, mais elle atteignit Perline. Alors, Pauline fixa la bête de ses yeux, qu'ils en devinrent si éclatants que le tentacule se trouva paralysé et ne put l'atteindre. Une autre lueur entoura Jennifer, qui vacilla et s'écroula sur le sol. La classe retrouva aussitôt son brouhaha. Les élèves reprirent leur aspect et applaudirent Pauline.

— Bravo, mademoiselle Pauline ! lança maître Collation. Vous êtes bien la première à contrer cette petite peste qui sait bien que la sorcellerie est interdite en classe, mais aussi dans tout le château.

Jennifer se relevait péniblement, elle la toisa de ses grands yeux noirs.

— Sortez de cette classe, lança le maître en agitant sa cloche. Vous me ferez deux jours de cachot pour avoir perturbé la classe par cette démonstration interdite.

Une porte s'ouvrit, un colosse, qui en rappela un autre à Pauline, s'avança vers Jennifer. Il était d'une beauté époustouflante, une musculature impressionnante, vêtu comme un gladiateur. Pauline n'aurait pas voulu qu'il lui donne une gifle, car on ne devait pas s'en remettre. D'un seul bras, il souleva Jennifer et l'emporta.

Me Collation s'assit, invitant les élèves à en faire autant.

Pauline regardait le colosse emportant Jennifer, cette dernière leur lança :

— Je vous maudis, maître ! Je vous déteste, tous...

Le colosse s'appelait Spartacus, ce qui faisait référence aux gladiateurs de l'Antiquité romaine. Elle avait bien du mal à croire qu'elle était dans un cours pour fées.

Chapitre 7

La chanson de Perline

Il lui était impossible d'établir un dialogue avec ces petites sorcières qui essayaient de devenir des fées. La preuve était chaque jour flagrante. Elle se concrétisa très rapidement, à l'occasion de la fête d'Halloween...

Elle était au château depuis quatre mois et faisait d'énormes progrès. Elle maniait la baguette magique comme une vraie pro, avait appris de nombreuses formules. Son premier cours fut de se servir de sa tête pour éviter que les sorciers lisent dans son esprit. Pour cela, il lui fallait une concentration importante, car seules quelques fées pouvaient le faire, mais elle n'avait aucun mal. En plus de lire dans les pensées humaines, elle pouvait le faire chez ses camarades et celles des professeurs. Elle savait changer de tenue en utilisant sa baguette, faire son lit, le ménage, et divers tours de passe-passe.

Sur son carnet trimestriel, elle avait d'excellentes notes. Elle était dotée d'immenses qualités intellectuelles, elle montrait beaucoup de courage, de volonté, elle était avide de faire ses preuves...

Quant à la pauvre Perline, elle n'arrivait toujours pas à se servir correctement de sa baguette. Chaque matin, elle devait s'y prendre à plusieurs fois pour trouver la formule pour se vêtir. Pauline aurait bien voulu l'aider, mais elle n'en avait pas le droit. Ses seules bonnes notes étaient en musique et en chant.

Elle adorait écrire ses paroles et la musique. Elle avait fait une chanson pour l'interpréter le soir de Noël.

Elle en chanta un extrait dans la classe :

Je suis une petite fée, sans effet.
Ma baguette ne veut pas m'écouter, alors je préfère chanter.
Si demain je m'en vais, car de mauvaises notes j'ai.
Je vous laisse en souvenir, la chanson d'une fée sans effet.
La seule amie que j'ai est la plus douée des fées.
Je voudrais lui faire honneur, mais je ne sais comme on fait.
Au lieu de me transformer pour mettre mes effets.
Je ne fais que gaffer, alors pourquoi devenir une fée ?
Puisque je ne sais que jouer et chanter.
Alors je vous le dis, je ne serai jamais une fée !
Ma baguette magique n'est pas en bonne main.
Vous trouverez bien meilleur que moi, et plus malin.
Tout ici n'est que magie, pour les autres, aussi...
Pour moi, je vous le dis, la magie, c'est fini...
La magie, c'est fini.

Elle répéta ces paroles, ce qui eut pour effet d'en faire pleurer deux ou trois, car Bérengère et Jennifer riaient sous leur cape de sorcière. Pauline eut un faible sourire, mais elle applaudit sa petite amie. Elle la connaissait trop bien, elle savait que si elle avait écrit ces paroles, c'est qu'elle savait qu'elle n'arriverait jamais à être une fée, elle deviendrait une nymphe, comme bien d'autres.

C'est ce qu'avait décidé Me Collation, en accord avec Morgiane et Diana.

Perline devrait quitter le château sans passer ses examens. Elle partirait à la fin du programme, pour rester encore un peu avec Pauline.

Quant à cette dernière, elle travaillait plus que les autres. Elle pensait chaque jour à ses parents prisonniers des korrigans. En travaillant deux fois plus, elle gagnerait une année d'études, c'est ce que lui avait dit Diana.

Chapitre 8

Le couloir des ombres

Depuis le début des cours, Morgiane comme Me Collation avaient interdit aux élèves de s'aventurer hors du château sans leur permission. Aussi, seuls les élèves participant à Halloween y étaient exceptionnellement autorisés,

Pauline commençait à se sentir à l'aise, elle s'était nouée d'amitié avec Céline et Roberta. Elle s'adressa à cette dernière.

— Tu connais Jennifer ?

— Non, comme toi, c'est ma première année. Mais ma camarade Céline est au château depuis l'année dernière, elle la connaît mieux. Elle m'a même dit qu'il fallait s'en méfier, car c'est une redoutable sorcière. Elle pratique souvent des tours de magie, malgré l'interdiction, et nous jette des sorts.

— C'est bizarre qu'elle soit encore dans ce château, alors qu'elle brave toutes les interdictions, elle est un danger pour nous tous.

— Je crois savoir que la fée Morgiane craint la colère de sa grand-mère en la renvoyant. Il paraît, lui murmura-t-elle à l'oreille, qu'elle serait responsable de la disparition d'une élève l'année dernière. Elle lui aurait demandé de se rendre dans la forêt un soir de pleine lune, alors qu'elle sait que l'endroit peut être dangereux, il est rempli de bêtes féroces. Personne ne l'a jamais revue, et personne n'est parti à sa recherche.

— Même pas la fée Morgiane ? dit Pauline, étonnée.

— Non, personne…

Elle se tut. Me Collation venait d'entrer dans le salon, accompagné d'un personnage, aussi impressionnant et laid que lui. Il n'était pas très jeune, une petite moustache grisonnante pendait sur sa lèvre supérieure, il était un peu plus grand que M[e] collation, le front entièrement dégarni, seuls quelques cheveux tombaient sur ses épaules.

— Bonjour, mesdemoiselles, je vous présente votre professeur de métamorphose, M. Talamain. Vous allez maintenant passer à la seconde étape de votre enseignement.

— Bonjour, monsieur, dit Pauline poliment, c'est un sujet très intéressant.

Jennifer entra à son tour, elle demanda.

— Qui est ce prof qui discute avec Me Collation ?

— C'est notre prof de métamorphose, lui répondit Roberta.

— Ah bon ! Il ne va rien m'apprendre celui-là ! Je suis plus forte que lui ! lança-t-elle en éclatant d'un rire caverneux.

Pauline et Roberta se regardèrent. Les deux maîtres s'éloignèrent en discutant. Jennifer n'avait pas fait trois pas qu'un bruit sec se fit entendre. Pauline se retourna. Jennifer venait d'être transformée en vieille femme.

— Cela t'apprendra à te vanter de choses dont tu ne maîtrises pas encore les effets, lui lança le professeur Talamain.

Pauline et Roberta se regardèrent, elles avaient du mal à contenir leur fou rire. Jennifer, le dos courbé, les jambes pliées, comme si elle allait s'écrouler, son visage et les lèvres complètement fripés, plus de dents, elle venait de recevoir une cuisante leçon.

— Tu as de la chance d'aller à la fête d'Halloween demain, car je t'aurais volontiers laissée tel quelle pendant quelques jours. J'ai beau parler avec quelqu'un, j'entends très bien.

Jennifer avait du mal à marcher et à parler. Elle articulait les lèvres, mais aucun son n'en sortait. Pauline et Roberta riaient en douce. Ne voulant pas trop se faire remarquer, elles s'éclipsèrent.

Ce matin-là, Bérengère, Jennifer et Malandrin allaient quitter le château pour assister à la fête d'Halloween, organisée chaque année par leurs parents, dans une aile éloignée du château. Les fées n'y assistaient jamais, ce n'était pas leur place. Mais Pauline était curieuse, elle voulait savoir comment cette fête se déroulait... Dans sa misérable vie de terrienne, elle n'en avait jamais eu l'occasion.

Aussi, le soir venu, elle mit son habit de nuit et prit son envol. Elle savait qu'elle enfreignait le règlement, mais sa curiosité était la plus forte. C'est en cachette, et sans en parler à Perline, qu'elle partit assister aux préparatifs. Arrivée sur les lieux, elle se glissa dans le coin le plus noir de la pièce, réservé aux invités. Elle aperçut de nombreuses citrouilles, découpées en formes diverses. À l'intérieur, des bougies lançaient des ombres terribles. Puis la grande porte s'ouvrit, laissant entrer, les uns derrière les autres, sorciers et sorcières assis sur leurs balais. Leur visage monstrueux, grimaçant dans leurs vêtements squelettiques de toutes formes et tailles, imprégnés de peintures blanches, phosphorescentes, était effrayant. Leur visage barbouillé de noir les rendait encore plus laids. Ils portaient une cape, un chapeau à la pointe courbée et un corbeau perché sur leurs épaules. Certains avaient un parapluie, d'autres un balai, qu'ils faisaient tournoyer, tout en faisant attention à ne pas déclencher un mauvais tour de magie. Ils avaient bien trop peur de finir au cachot. Chose qui n'était plus arrivée depuis Jennifer. Ces quatre mois d'études l'avaient un peu assagie, elle était moins agressive envers Pauline. Elle s'était surtout rendu compte que sa magie n'agissait pas sur elle. Pauline ne put la voir, car les déguisements étaient si bien faits qu'il était impossible de mettre un nom sur chacun.

Seul Malandrin, qui portait sa tenue habituelle, et sa grosse paire de lunettes en forme d'yeux de chouette, la reconnut. Il s'approcha d'elle, et lui montra le gros crapaud glissé dans son sac. Pauline fit la grimace et dit :

— Quelle horreur, que vas-tu faire avec lui ?

— Je n'en sais rien encore, mais ça peut servir.

Elle avait hâte de savoir en quoi consistait cette fête.

Ils assistèrent à la répétition, mais ne la trouvèrent pas si extraordinaire, elle était même déçue. Elle rejoignit sa chambre.

La nuit venue, elle quitta sa chambre. Elle savait que si elle était reconnue, elle risquait le renvoi, aussi, elle prononça cette phrase :

— Vous qui êtes dans le ciel, faites que je puisse revenir sans être vue.

Avant de partir, elle avait demandé à Perline de ne pas la suivre, et de ne dire à personne où elle se rendait.

Elle se mit en faction, non loin de la chambre de Jennifer et de Bérengère, pour les suivre.

Cette dernière était complètement sous l'emprise de Jennifer. Elle avait eu les confidences de Diana la concernant. Elle avait été élevée par une tante qui n'était ni fée ni sorcière. Un jour, sa grand-mère avait contacté sa tante pour l'inviter à participer à un sacrifice, mais elle avait refusé. Depuis, une malédiction pesait sur elle. D'après ce que Pauline avait appris, c'est par sa nièce qu'elle pouvait être sauvée, si elle devenait une fée. Cela n'en prenait, hélas, pas le chemin ! Tant qu'elle serait dans les griffes de Jennifer, qui avait réussi à la soumettre à ses caprices, son mauvais sort ne disparaîtrait pas.

Pauline n'attendit pas longtemps, les deux jeunes filles venaient de sortir et de rejoindre Malandrin qui les attendait. Tous vêtus de leurs habits de sorcier. Pauline les suivit à courte distance. Elle regrettait de ne pas avoir le pouvoir de se rendre invisible, elle était en train de l'apprendre, mais elle n'avait pas le droit de s'en servir avant la fin des études, c'était la règle.

Elle les suivait toujours, mais elle s'aperçut qu'ils prenaient une direction opposée aux préparatifs. Ils entraient dans un lieu où il y avait un nombre incalculable d'escaliers, tantôt larges tantôt étroits, certains étaient en très mauvais état et Pauline trébucha plusieurs fois. Il y avait plusieurs portes que les sorciers refermaient à clé. Elle vit les deux jeunes filles entrer, mais pas Malandrin. Pauline avait toujours sur elle la sienne, elle appela doucement Malandrin qui essayait de forcer la porte. Il eut un large sourire en la voyant.

— Tu as vu, elles sont rentrées, mais pas moi.

— Ne t'inquiète pas, je vais ouvrir, mais garde le secret, personne ne doit savoir.

— Je te promets.

Après avoir parcouru tout ce chemin, elle n'espérait qu'une chose, le retrouver à la fin.

Soudain, elle entendit des sons bizarres, elle s'arrêta pour écouter. Une voix perçante s'éleva, une lumière se mit à trembler, une ombre géante apparut...

— Enfants des ténèbres, vous venez entrer dans le monde de la sorcellerie, prenez vos balais, secouez vos squelettes, nous allons faire couler et boire le sang de ces morts-vivants. Faire peur aux enfants qui sont dans l'autre monde, nous sommes l'Halloween des cimetières, ils vont tous faire des cauchemars... Hiiii !... Hihi !... En avant... Suivez-moi... !

Pauline, suivie par son ami, avançait doucement pour mieux les apercevoir, ils virent plusieurs enfants avec leurs parents enfourcher leur balai et s'élever dans les airs. Elle était déçue de ne pouvoir les suivre, mais ce qu'elle venait d'entendre lui avait fait froid dans le dos. Que pouvait-elle faire de plus que de retourner au cœur du château ? Il n'y avait rien d'autre à voir. Mais un jour, elle les suivrait...

Ils firent demi-tour, et reprirent le chemin qu'elle croyait avoir emprunté. Au bout d'un moment, elle comprit qu'elle s'était perdue, elle n'arrivait pas à retrouver le passage. Ce château était un véritable labyrinthe. Malandrin la suivait sans rien dire, trop heureux de ne pas être seul. Ils sillonnaient les couloirs de long en large, de bas en haut, sans trouver la moindre issue. Comment faire pour sortir de ce piège dans lequel ils s'étaient fourrés ? Elle avait beau chercher dans sa tête, faire marcher ses méninges, rien à faire. Toutes les portes qu'elle ouvrait ne menaient à rien. Elle commençait vraiment à être inquiète, ils allaient certainement être punis pour avoir désobéi.

— Je n'aurai que ce que je mérite, dit-elle tout haut.

— Mais non, on va y arriver, j'ai confiance en toi. Cherche encore.

Épuisée par tous ces escaliers qu'ils avaient montés, descendus, remontés et redescendus, elle s'assit à même le sol.

Pauline parla tout haut pour se rassurer. Lui ne disait toujours rien. Pauline le regarda, il semblait prier. Ce n'était pourtant pas le bon endroit. Elle avait l'impression d'être épiée. Elle écouta, il n'y avait aucun bruit.

— Bizarre ! Bizarre, dit-elle ! Pas un souffle d'air, pas un son...

Elle se leva et reprit sa marche. Soudain, elle fut plaquée contre le mur par une force invisible. Pauline ne voyait rien... n'entendait rien...

Elle essaya de faire un pas, mais elle se retrouva à nouveau plaquée contre le mur.

— Qui êtes-vous ? Que me voulez-vous ?

Pas de réponse, le silence. Elle appela Malandrin, mais il ne répondit pas. Elle se retourna, personne, il avait disparu. Elle se trouvait certainement dans un lieu interdit, car elle avait entendu dire qu'il y avait des fantômes qui hantaient l'aile gauche du château, elle devait s'y trouver. Elle leva les bras au-dessus de sa tête, pour tenter une ruse que Diana lui avait apprise.

Les bras en l'air, elle se redressa et la vit. Une petite balustrade au plafond où apparut un trou béant. Ses gestes étaient légers, précis, sa respiration contenue, elle se concentra. La sueur de son front ne goutta pas. Avec ses deux mains, elle agrippa la balustrade, et se hissa en silence. Tel un papillon, elle passa sans bruit de l'autre côté. Elle trouva un passage qu'elle réussit à franchir. Elle ôta ses chaussures, et continua pieds nus. Cela lui rappela de bien tristes souvenirs. Elle s'en voulait d'avoir désobéi, et surtout de ne pas avoir encore le droit d'exercer ses pouvoirs pour se sortir de ce mauvais pas. De plus, elle avait trouvé inutile d'emporter sa baguette, pensant qu'elle retrouverait facilement son chemin.

Soudain, un bruit venant du couloir la fit s'arrêter. Elle ramena sa cape sur sa tête et attendit. C'était peut-être Malandrin ?

— Pauline ! Pauline ! Où es-tu ? M'entends-tu ?

Une voix, presque un murmure... Pauline avait ce don d'entendre même les muets. Elle poussa un ouf de soulagement. Elle avait reconnu la voix de Perline.

— Je suis là, Perline !

Une lueur éclaira les murs tristes de ce couloir. Pauline la vit arriver tout essoufflée.

— Pauline ! Comme je suis contente de t'avoir retrouvée ! Cela fait bien deux heures que je tourne et retourne. Mais que fais-tu ici ?

— Je ne comprends pas, je me suis stupidement perdue !

— Alors c'est peut-être toi que j'entends depuis un moment. Mais on ne doit pas traîner ici. Je sens une présence, et elle ne semble pas amicale !

— Comment es-tu venue ? Comment m'as-tu retrouvée, quel chemin as-tu pris ?

— Je suis désolée, je t'ai suivie après ton départ, et quand tu as disparu, j'ai semé des petits morceaux de pain que j'avais mis dans ma poche. Les morceaux de pain sont de ce côté.

Elle n'avait pas terminé sa phrase, qu'un tourbillon lumineux passa au-dessus de leur tête. Elle lui montra d'où venait le tourbillon.

— Je crois qu'il va falloir rebrousser chemin, je ne sais pas qui vient vers nous, mais ce n'est pas rassurant !

Elles se mirent à courir, le tourbillon approchait dans un grondement insoutenable. Pauline vit une porte qu'elle ouvrit rapidement, elles entrèrent aussi vite qu'elles le purent, la porte se referma à la vitesse de l'éclair. Une pâle lumière éclairait la pièce. Pauline se frotta les yeux, où étaient-elles ? Quand soudain une voix s'éleva.

— Qui vient me déranger ?

Serrées l'une contre l'autre, elles n'osaient prononcer un mot, tant elles furent surprises. Pauline articula :

— Je suis Pauline Samer, et voici mon amie Perline, elle est la fille du professeur Zipper-fin.

— Que faites-vous dans cette aile du château ? Ne savez-vous pas qu'il vous est interdit de venir par ici ?

— Oui, mais nous nous sommes perdues ! Nous ne retrouvons pas notre chemin.

— Toutes les personnes étrangères et non invitées se perdent. Donc, je dois en déduire que vous êtes indésirables en ce lieu !

Une femme alors apparut, elle était d'une laideur inimaginable. De longs cheveux grisonnants lui tombaient jusqu'aux fesses, des yeux jaunes et étincelants, comme ceux d'un faucon. Elle était vêtue de noir, un menton si pointu, qu'on ne distinguait pas son cou.

— Alors, qu'est-ce que je vais faire de vous maintenant ? lança-t-elle. J'ai un chaudron qui est actuellement en train de bouillir, je crois que je vais pouvoir me faire une bonne soupe ce soir ! Mes petits sorciers sont dans l'autre monde, ils vont avoir très faim à leur retour !

Elle se mit à rire, d'un rire qui fit trembler l'éclairage.

Pauline fronça les sourcils. Elle venait de comprendre qu'elles étaient dans l'antre de la reine des sorciers. Perline tremblait comme une feuille, elle la serra dans ses bras. Elle sentit alors un objet lourd sous son manteau. Elle demanda tout bas :

— Qu'as-tu sous ta cape ?

— C'est ma baguette !

— Donne-la-moi, et accroche-toi bien à moi !

Perline lui entoura la taille de ses petits bras. Pauline n'avait jamais fait ce à quoi elle pensait, mais l'instant était grave, et leur vie en danger. Elle agita la baguette en prononçant cette phrase :

— Baguettos magique, transporte-nous sur-le-champ hors de ces murs à la vitesse du vent.

Une gigantesque lumière les encercla. Serrées l'une contre l'autre, elles fermèrent les yeux. Une rafale, forte comme une tornade, les souleva et les emporta.

Le voyage dura l'espace d'un éclair, elles atterrirent sans trop de mal sur la terrasse du château.

Elles se regardèrent, n'en croyant pas leurs yeux. Elle avait réussi à les sortir des griffes de la reine des sorciers.

— Je crois que nous sommes hors de danger, nous devons maintenant rentrer sans nous faire remarquer.

Elle avait à peine prononcé cette phrase que Diana surgit :

— Pauline ! Il faut que je te parle ! Perline, tu peux aller dans ta chambre.

— Oui, mademoiselle Diana, dit-elle d'une voix tremblante.

Puis se tournant vers Pauline.

— Alors ! Tu es contente de toi ?

Elle baissa la tête. Avec l'effort qu'elle venait de fournir, elle tremblait de tous ses membres. Comment avait-elle été assez stupide pour partir sans sa baguette ? Elle n'avait aucune excuse pour justifier sa désobéissance, encore moins de se promener seule dans la nuit dans les lieux interdits. Elle baissa les yeux.

— Regarde-moi lorsque je te parle ! dit-elle. Si tu étais ma fille, je te donnerais une bonne fessée ! Comment avez-vous osé ? Vous auriez pu vous faire dévorer toutes les deux ! Je n'aurais jamais cru cela de toi !

Pauline la regardait, sa voix n'exprimait pas la colère.

— Perline n'y est pour rien, je suis la seule responsable, ce n'est pas sa faute !

Pour sa défense, elle allait tout lui raconter, mais elle comprit que Diana était déjà au courant.

— Votre chance de salut, vous la devez à la fée Morgiane qui surveille vos faits et gestes, et grâce à la vigilance des nymphes. On a pu ainsi constater ta désobéissance, mais en même temps ton incroyable pouvoir !

Elle se mit à rire.

— Personne jusqu'à ce jour n'a pu échapper à la reine des sorciers, même avec une baguette. Lorsque tu auras terminé ton année scolaire, tu retourneras au château de ta tante, la reine Mirabella, c'est alors que tu pourras m'aider dans mes missions.

— Je suis la seule à m'être échappée des mains de la reine ? lança Pauline. Personne n'a réussi avant moi ?

— Non, malheureusement. C'est pour cela que nous interdisons à tous nos élèves d'aller dans cet endroit. Quelques-uns ont déjà disparu. Nous pensons qu'ils ont subi le sort qui vous était réservé. Nous avons perdu ta trace quand tu es entrée dans cette aile du château. La reine des sorciers brouille toutes nos ondes. Elle s'infiltre partout.

— Comment avez-vous su où j'étais, et qu'est devenu Malandrin ?

— Ta pensée est venue jusqu'à moi. N'oublie jamais qu'ensemble, nous communiquons. J'ai réussi à le récupérer, mais il est puni.

— Je suis heureuse qu'il soit sain et sauf, dit-elle en se serrant dans ses bras. J'ai beaucoup pensé à mes parents cette nuit, j'espère que je pourrai les retrouver très vite.

— Chaque chose en son temps, cela fait partie d'une mission plus délicate, il faut avant tout que tu sois prête à affronter d'autres démons.

— La fée Morgiane est-elle en colère contre moi ?

— Un peu, mais j'ai réussi à la calmer, vu que tu es sa meilleure élève.

— Je vais aller m'excuser auprès d'elle.

— Très sage décision.

Elle eut un sourire.

— Tes parents auraient été très fiers de tes exploits, j'en suis sûre.

Elles rentrèrent ensemble dans le cœur du château...

Chapitre 9

La potion de Pauline

Cette période de Noël ne lui apporta pas le bonheur. Les autres années où elle vivait avec sa mère nourricière, elle n'en avait jamais connu.

Pour la première fois, elle voyait un sapin garni de guirlandes, de décorations multicolores accrochées un peu partout dans la grande salle à manger. Elle n'avait pas la joie au cœur. Du plus loin qu'elle se souvînt, elle n'en avait jamais vu.

Tous les élèves avaient eu le droit d'accrocher une boule de couleur. Elle ne le fit pas.

Elle conversait avec le professeur Zipper-fin, pour mettre au point un tour de magie.

Diana et la reine Mirabella lui avaient demandé de lui donner des cours particuliers, et de lui apprendre la préparation des potions dont il avait le secret. Il ne pouvait pas encore le dévoiler aux autres élèves, ce cours n'ayant lieu qu'en troisième année. Mais elle était un cas particulier. Elle devait cesser ses cours en fin de deuxième année, exceptionnellement. Cela émanait de la reine Mirabella.

Pour ce faire, le professeur avait installé tout son matériel dans une pièce située dans les sous-sols du château. Aucun élève ne devait être au courant, seules la fée Morgiane et Diana le savaient. Pauline se garda bien d'en parler à Perline.

La pièce était grande, mais mal éclairée, il n'y avait qu'une simple petite lucarne. Le professeur expliqua :

— Il ne faut pas beaucoup de lumière, car les ingrédients la craignent.

Ce matin-là, Diana l'accompagna à son cours, elle voulait se rendre compte de son évolution. Elle lui apporta quelques livres sur les potions, récupérés dans la bibliothèque du château. Le professeur devait simplement lui donner quelques conseils, et vérifier qu'elle ne se trompait pas dans les doses.

Diana entra, portant dans ses bras de gros bouquins tous poussiéreux.

— Voilà tout ce que j'ai trouvé sur les potions à base de plantes. Il va falloir faire un tri, car elles sont nombreuses. Le choix sera effectué en fonction de leurs bienfaits. Tu as de la lecture...

Pauline n'était pas inquiète, car sa facilité à apprendre et à retenir ce qu'elle voyait ou lisait une première fois l'aidait à enregistrer rapidement dans sa tête, comme un ordinateur. Elle épatait de plus en plus ses profs, surtout Diana, qui ne tarissait pas d'éloges à son égard.

Ses pouvoirs devenaient si grands que les autres élèves en étaient jaloux. Mais elle ne s'en souciait pas.

Ce jour-là, elle s'appliqua sur la préparation d'une potion, qui devait rendre hilare toute la classe. Pour cela, elle avait repéré une composition à base de protoxyde d'azote (employé en anesthésie, et dans la crème chantilly.) Elle allait leur jouer un petit tour à sa façon. Ils aimaient les pâtisseries, il lui suffisait d'introduire une toute petite dose de ce gaz, qu'elle rendrait liquide et sans danger pour la santé. Il n'y avait plus qu'à attendre leur réaction… C'était bien sûr avec l'accord de son professeur et de Diana. Cette potion leur serait un jour utile.

Elle prépara sa formule avec malice. C'est en souriant qu'elle versa le liquide chaud dans une bouteille en verre. Elle la ferma avec précaution, car il ne fallait pas que le gaz s'évapore avant d'être en contact avec les aliments sélectionnés. Il devait être tiède pour le mélanger. Ensemble, elles se rendirent à la cuisine et le mélangèrent à la pâtisserie. Il ne fallait pas prendre le risque d'être découvertes. Les recherches de Pauline avaient duré deux jours pour trouver les bons composants, à présent, c'était le test. Tout était prévu en cas d'échec. Diana et Pauline avaient mis au point leur retour à la normale, grâce à une autre formule faite par Pauline.

Le repas du soir s'achevait. Les desserts étaient devant chaque élève. Pauline n'avait pas prévenu Perline, mais elle lui en avait glissé une qui ne contenait pas de potion. Lorsque les effets commenceraient, elle la mettrait au courant. Diana resta, elle voulait assister au spectacle, elle aimait s'amuser, c'était si rare.

Ce jour resterait dans les annales des cours de fées de l'année 2000 au château de la fée Morgiane.

Après le repas, ils se rendirent à la bibliothèque. Les recherches sur la préparation des potions étaient à l'ordre du jour, et chacun cherchait la meilleure formule. Tous les ouvrages sur les grandes découvertes magiques furent épluchés.

Mme Électre, la bibliothécaire, ne savait plus où donner de la tête, tous les livres étaient dispersés et sens dessus dessous. Au fur et à mesure qu'elle les remettait en place, on venait les lui reprendre et ainsi de suite, c'était devenu un jeu pour Bérengère et Jennifer.

Pauline, Perline et Diana étaient dans le coin de la pièce le plus éloigné. Un grand livre ouvert devant elles, elles faisaient semblant de s'y intéresser. Pauline l'avait dit à Perline. Ensemble, elles attendaient les effets. Trente minutes venaient de s'écouler, quand Jennifer fut prise d'un énorme fou rire. Elle monta sur sa chaise, en se tordant littéralement en deux. Bérangère la suivit, en roulant et gesticulant sur le sol.

Tous les autres suivirent. Leur hilarité devint collective. Les trois responsables ne purent s'empêcher de participer au spectacle. C'était comique, et digne d'une comédie amusante. Ils avaient chacun une particularité. Vivaldi faisait une démonstration de ses cordes vocales, en faisant des vocalises. Malandrin faillit s'étouffer en avalant de travers sa salive. Roberta tenait son ventre à deux mains. Elle riait tant qu'elle finit par s'oublier. Quant à Céline, elle ne riait pas, elle pleurait de rire, tout en lançant des « oh, non ! oh, non ! ». C'était un spectacle délirant.

Pauline et Perline se regardaient, ne pouvant plus contenir leur sérieux.

— Il ne faut pas que cela dure trop longtemps, lança Diana. Cela pourrait devenir dangereux ! Mais je reconnais que le spectacle est époustouflant.

— Qu'est-ce que c'est que tout ce remue-ménage ?

La fée Morgiane venait d'entrer dans la bibliothèque, l'air répro-bateur. Diana s'approcha et lui parla à l'oreille. La fée Morgiane sourit, puis se tourna vers Pauline :

— Je savais que tu préparais une potion, mais je ne savais pas laquelle. Bravo, c'est une réussite, mais maintenant, il faut rétablir la situation. J'espère que vous avez prévu cette éventualité. Il y a quelques dégâts qu'il va falloir réparer !

— Ne vous inquiétez pas, tout est prévu, répondit Diana. Nous avons la formule pour leur rendre un état normal.

Pauline se mit au centre de la pièce et, avec sa baguette, lança sa formule :

— Baguetos magiquos, tournicote autour des élèves de l'école des fées,

Rends-leur aspect naturel, stoppe les rires, répare les dégâts.

Moi, Pauline Samer, je te l'ordonne...

Une lumière éclatante envahit la bibliothèque, les élèves se dispersèrent. La lueur s'étala aux quatre coins de la pièce.

Les deux femmes et Perline se regroupèrent autour de Pauline pour échapper à la métamorphose.

Cela ne dura qu'une petite minute, puis le calme revint.

De mémoire de fées, jamais elles ne s'étaient autant amusées. Les enfants semblaient n'avoir aucun souvenir. Diana lança :

— Venez ! Nous allons boire un bon chocolat.

Ils étaient un peu étourdis, hagards, somnolents, saouls, mais heureux...

Une heure plus tard, le ventre plein et libre de toutes préoccupations, ils sombrèrent dans un sommeil profond, la tête sur leur table.

Pauline les regardait, elle éprouva un sentiment de compassion. Ils avaient l'air si sages.

Diana, Pauline, Perline et la fée Morgiane sortirent en silence, en se dirigeant vers la bibliothèque. Diana parla la première.

— C'est étrange, pourquoi dorment-ils ?

— C'est normal, répliqua Morgiane ! C'est la réaction de cette hilarité, elle les a épuisés.

— Doit-on les réveiller ? demanda Pauline.

— Non, il ne vaut mieux pas, répondit Diana. Laissons-les dormir. Je vais veiller sur eux, pour voir combien de temps ils vont rester ainsi. Je les conduirai ensuite dans leur chambre. Je crois que pour ce soir, ce sera tout.

Elles quittèrent la bibliothèque.

Diana s'installa dans un fauteuil près du feu, un livre entre les mains.

Elle avait à peine commencé sa lecture qu'un bruit lui fit tendre l'oreille. Des bruits de pas résonnaient dans le couloir. Elle ferma le livre et se dirigea vers la sortie.

Elle se retrouva face à face avec Pauline.

— Pauline ! Mais que fais-tu, tu devrais dormir ?

— Je n'y arrive pas, et...

— Que se passe-t-il ? Quelque chose te tracasse ?

Elle s'avança vers elle et la serra dans ses bras.

— Je sais à quoi tu penses en ce moment, mais patience, ton heure viendra. Il ne faut pas que tu t'inquiètes, chaque jour qui passe te rapproche du but.

— Oui, mais il y a une image qui revient chaque nuit. Je vois le visage de ma mère, elle est triste et articule quelques mots que je ne comprends pas. Il y a un homme auprès d'elle, mais je ne distingue pas son visage, est-ce celui de mon père ?

— C'est fort possible, comment savoir ?

— Ce doit être lui, il a son bras autour de ses épaules. Qui d'autre que mon père la tiendrait ainsi ?

— Je ne peux te le dire, c'est sûrement ton imagination. Tu as déjà eu l'apparition de ta mère, mais pas celle de ton père, c'est pourquoi elle est gravée dans ta mémoire.

— Vous devez avoir raison, merci ! Puis-je vous poser une question ?

— Si elle n'est pas personnelle, je veux bien.

— Vous qui avez épousé un prince, quel effet cela fait de se retrouver à la tête d'un Empire ?

— Cela fait très peur, je peux te l'assurer. Mais le jour de mon mariage, je n'y pensais pas. J'étais très amoureuse de mon prince, j'étais persuadée qu'il m'aimait aussi. Nombreuses étaient les femmes qui m'enviaient. Cela aurait dû me rendre plus forte, plus sûre de moi. Je vivais un véritable conte de fées... J'ai vécu auprès de mon époux les plus belles années de ma vie terrestre. Il ne saura jamais à quel point je l'ai aimé...

Elle se tut, la voix remplie d'émotion. Pauline ne posa pas d'autres questions.

Quelques minutes plus tard, elle s'endormit. Diana l'installa sur le sofa du salon, elle l'admirait. Elle était d'une beauté incroyable pour son jeune âge. Elle se mit à lui parler tout bas :

— Un jour tu deviendras une très belle jeune femme. Peut-être que tu retrouveras une vie terrienne, quand tu auras accompli les missions que la reine va te confier ? Tu épouseras un garçon merveilleux, tu auras des enfants magnifiques…

Elle la regardait, il lui semblait se voir à son âge. Elle non plus n'avait pas été très heureuse enfant, entre un père et une mère qui vivaient séparés. Elle avait été mise dans un pensionnat, puis chez sa grand-mère. Matériellement, elle n'avait jamais manqué de rien, mais l'amour de ses parents lui avait fait défaut. Elle avait parfois l'impression que son cœur allait exploser, tant il avait besoin d'amour. Elle en avait tant donné aux autres et si peu reçu. Elle en avait encore à donner, c'était devenu son cheval de bataille, son but…

Elle était heureuse d'apporter aux autres cette chaleur et la lumière qu'elle n'avait jamais trouvées. Elle savait qu'il y avait bien plus malheureux qu'elle.

Chapitre 10

Phéddo & Pauline

Comme chaque matin, avant les cours, les élèves se rendaient dans le parc du château pour leurs exercices. Un parcours leur était réservé. Pauline et Perline étaient toujours ensemble, ne se quittant jamais. La neige avait recouvert d'un tapis le parc et elles s'amusaient à se lancer des boules de neige, quand Pauline en reçut une en pleine figure, qui faillit la faire tomber. Bérengère et Jennifer surgirent devant elles en riant.

Cette dernière attrapa Pauline par le bras.

— Regarde-moi ! dit-elle en lui montrant un petit miroir de poche. Regarde comme tu es belle, tu ressembles à une fille des neiges. Tu vois ce miroir, il est magique, à l'intérieur se trouvent deux personnes que tu connais.

Pauline demanda :

— Et qui sont-ils ?

— Tes parents ! C'est ma grand-mère qui me l'a remis. Elle m'a dit que jamais tu ne pourrais les retrouver, et encore moins les délivrer, ils sont prisonniers des korrigans et de ce miroir.

Elle riait, elle se délectait du mal qu'elle était en train de lui faire.

— C'est ma vengeance pour la potion hilarante que tu nous as fait prendre. Tu nous as tous humiliés, tu payeras pour cela.

Puis elle attrapa la main de Bérengère, et s'enfuit en riant, heureuse de l'avoir atteint dans ce qu'elle avait de plus cher.

Pauline resta un moment immobile. Perline s'approcha…

— N'écoute pas ce qu'elle vient de dire, tu es bien plus forte qu'elle. Tu ne sais même pas si ce qu'elle dit est vrai.

— Cela fait plusieurs nuits que je fais des rêves étranges, où justement je vois ma mère dans un miroir, mais je ne distingue pas la personne qui est auprès d'elle. J'en ai encore rêvé cette nuit. Je suis sûre qu'elle dit la vérité. Comment sait-elle que mes parents sont prisonniers des korrigans ? J'en parlais hier soir avec Diana. Il faut que j'aille lui raconter ce qu'elle vient de me dire.

Elles se dirigèrent au pas de course vers le château. Elles arrivèrent essoufflées devant le bureau de la fée Morgiane, quand elles tombèrent nez à nez avec un garçon d'une beauté époustouflante.

— Pauline ! Perline ! leur lança la fée Morgiane. Que faites-vous ici ? Ne devez-vous pas être dans le parc avec les autres ?

— Excusez-moi, Fée Morgiane, mais j'ai besoin de parler à Diana.

— Diana est partie ce matin très tôt. Elle ne reviendra que dans une semaine. De quoi s'agit-il ?

En reculant, elle croisa le regard du jeune homme qui lui sourit.

— Ce n'est pas important, j'attendrai qu'elle soit de retour.

Elles firent demi-tour et sortirent.

— Tu as vu ce garçon, dit Perline. Je n'en ai jamais vu d'aussi beau, qui cela peut-il être ?

Mais Pauline ne l'écoutait pas, elle était en train d'échafauder un plan. Il lui fallait coûte que coûte entrer en possession de ce miroir. Elle savait déjà comment elle allait s'y prendre, mais il ne fallait pas qu'elle en parle à Perline. Elle agirait dans la nuit.

Il était une heure du matin, quand elle se glissa furtivement hors de son lit. Elle mit sa cape noire par-dessus son pyjama, glissa sa baguette dans une poche. Elle entra dans la salle de bain pour que Perline ne l'entende pas, puis l'agita.

— *Baguette magique, conduis-moi rapidos dans la chambre de Jennifer.*

Une lueur l'enveloppa, elle ferma les yeux et se laissa transporter. Avant d'avoir le temps de s'en rendre compte, elle arriva dans la chambre de Jennifer. Elle inspecta les deux lits, l'un des deux était vide. Elle regarda celle qui dormait, c'était de Bérengère. Jennifer avait disparu. Elle se mit à réfléchir un instant, et sortit de la chambre. Elle prit sa baguette, et lui ordonna :

— *Baguette magique, suis les traces de Jennifer.*

La lueur l'enveloppa de nouveau.

Sans avoir le temps de dire ou de penser, elle arriva dans une clairière, un lieu étrange qu'elle découvrait. Il n'y avait pas un souffle de vent, la lune, qui était à son dernier quart, était sa seule lumière. Soudain, elle entendit grincer une porte, mais ne voyait rien. Elle plongea ses yeux dans la profondeur de la nuit, cherchant d'où cela provenait. Elle ne connaissait pas cet endroit, et commençait à regretter d'y être venue seule. Puis, ses yeux s'étant habitués à l'obscurité, elle aperçut un portail. *C'est lui qui a dû grincer*, pensa-t-elle. Sans savoir où elle allait mettre les pieds, elle s'y engagea. Elle faisait confiance à son intuition, mais un pressentiment la submergea, un élément pas très clair se passait par ici. Elle avançait lentement, quand elle aperçut une lueur, elle s'y dirigea. Une maison isolée apparut au milieu du bois. Sa cheminée fumait, la lumière filtrait par la fenêtre. Une étrange sensation la parcourut, comme un danger. Elle la contournait, quand la porte de la maison s'ouvrit. Elle reconnut la reine des sorciers, enveloppée dans sa cape noire, dont les cheveux dépassaient largement de sa capuche. Elle se cacha dans les fourrés. Des pleurs d'enfants venus de l'intérieur l'intriguèrent. Qui pouvait-il être ?

La reine fit demi-tour, et referma la porte. Heureusement qu'elle n'avait pas senti sa présence. Elle retint sa respiration, et attendit un instant. Lentement, à pas de chat, elle avança vers l'unique fenêtre. Au moment où elle s'en approchait, un hurlement retentit dans le silence de la nuit, elle recula. Elle faillit partir en courant, mais une voix mystérieuse l'appelait. À cause de l'obscurité, elle ne put mesurer la distance de cette voix lointaine.

— Par ici, mademoiselle !

Elle sentit soulevée de terre par deux bras puissants.

— Surtout, ne criez pas, ne dites rien, nous sommes en danger.

Elle se retrouva assise sur le dos d'une splendide licorne. Elle avait reconnu cette voix, c'était celle de l'homme dont elle ne distinguait pas encore les traits, mais qu'elle connaissait.

— Mais qui êtes-vous ? Que voulez-vous ?

— Vous sauvez, damoiselle ! Vous n'avez aucune idée de ce qui peut vous arriver si l'on vous surprend !

— Et que me serait-il arrivé ?

— Dans cette demeure, il y a ce soir une dizaine de sorciers et sorcières, et croyez-moi, ils ne jouent pas aux cartes.

La licorne trottinait gentiment. Ils avaient parcouru quelques kilomètres, quand Pauline lui demanda de s'arrêter, ce qu'il fit en descendant le premier et, en gentleman, il l'aida à descendre de son perchoir. Il avait une lampe de poche accrochée à sa ceinture, il éclaira le visage de Pauline.

— Veuillez m'excuser pour cette entrée peu cavalière, permettez-moi de me présenter. Je suis Phéddo, le filleul de la fée Morgiane. Nous avons eu le plaisir de nous croiser ce matin dans son bureau.

— Comment avez-vous su que j'étais ici ? Votre tante vous aurait-elle parlé de moi ?

— Absolument pas, mais il se trouve que je suis un H.F., j'ai donc des dons similaires aux vôtres, bien que je ne lise pas dans les pensées.

— Comment avez-vous su ? répéta-t-elle.

— Diana m'a contacté, elle a capté votre peur et senti le danger. Elle m'a alors demandé d'aller vous chercher, car ce soir, elle a une mission importante et ne peut venir. J'ai alors allumé mon ordinateur, pour savoir vers quelle direction me rendre, et me voilà…

Pauline le crut, car elle captait ses ondes, mais elle n'en parla pas.

— Chère Diana, elle m'a envoyé le meilleur H.F. du royaume !…

Cela la fit sourire, elle était étonnée.

Lentement, elle le détailla, il était vraiment très beau. Il était vêtu de l'habit sombre des nuits, seule la licorne était blanche. Pauline lui posa cette question :

— Vous n'avez pas peur que l'on nous repère avec votre licorne blanche ?

— Impossible, je l'ai rendue invisible, ce que je fais toujours lorsqu'il y a du danger. Nous sommes les seuls à la voir, et elle vole à la vitesse du vent.

— Pouvez-vous me dire quel était ce danger ?

— Vous avez entendu ces hurlements ?

— Oui, j'en ai eu froid dans le dos.

— Ils se préparent à la nuit des sacrifices. Vous saurez demain qui est l'élève qui a disparu.

— Mon Dieu, mais c'est horrible ! Pourquoi n'avez-vous rien fait ?

— Pas ce soir, nous n'avons pas l'approbation de la fée Morgiane ou de la reine pour intervenir, il nous faut attendre la nuit des sacrifices. Nous ne sommes pas assez nombreux pour les combattre sur leur terrain, il nous faut ruser et nous préparer. Vous avez encore beaucoup à apprendre, jeune fille.

— Où sommes-nous ?

— Nous arrivons au château. Je vais faire un détour pour être sûr de ne pas avoir été suivi.

Il revint quelques minutes plus tard.

— La voie est libre, je vais vous quitter ici. Servez-vous de votre baguette pour retourner dans votre chambre. Demain matin, je ferai part de ce que j'ai vu et entendu à ma tante. Nous devons savoir qui a disparu cette nuit. Je ne parlerai pas de votre incursion ni de votre désobéissance, car vous connaissez la punition, aussi, je vous en prie, plus d'imprudence.

— Je vous le promets et merci. Mais il faudra que je vous raconte pourquoi je me trouvais sur les lieux ?

Il ne répondit pas et s'éloigna en silence. Il devait ignorer les dons de Pauline, mais elle n'aurait rien pu tenter, elle manquait encore d'expérience. Elle savait qu'elle n'avait pas le droit d'intervenir personnellement. Elle agita sa baguette, prononça sa formule de retour. D'un coup d'éclair, elle arriva dans sa chambre.

La nuit était noire. Perline n'avait rien entendu, elle dormait à poings fermés.

Elle s'allongea sur son lit, tout en pensant aux événements de la nuit. Comment allait-elle s'y prendre pour récupérer le miroir ?

***

Le réveil sonna bruyamment, Pauline ouvrit péniblement les yeux, la nuit avait été courte. Perline s'étirait lamentablement, ses bras et ses jambes étaient suspendus dans l'air.

— Mais que fais-tu dans cette position ? lui demanda-t-elle.

— Je fais des exercices d'étirement pour mon dos.

— Pourquoi, tu as mal au dos ?

— Pas particulièrement, mais j'ai trouvé à la bibliothèque un livre dans lequel il est conseillé de prendre soin de son dos, pour ne pas risquer d'être transporté dans un autre monde.

Pauline n'en crut pas ses oreilles.

— Dans quel livre as-tu lu cela ?

— Dans celui-ci, dit-elle en le lui lançant.

Pauline l'attrapa et remarqua sur sa couverture, une femme pliait en deux, les deux mains posaient sur ses reins. Son titre : *Musclez-vous le dos…*

Elle ouvrit le livre et parcourut quelques lignes.

« Si vous n'y faites pas attention, votre dos peut vous jouer de vilains tours. Vous pouvez ne plus voler, ni courir ou monter à cheval. Une fausse manœuvre avec votre baguette peut être lourde de conséquences. Vous pouvez atterrir dans un monde inconnu, dangereux, ou en enfer et même au paradis. Votre colonne vertébrale est le centre des efforts que vous déployez lors d'une manœuvre de propulsion. Une colonne mal entretenue peut changer votre histoire. »

Pauline n'avait pas le temps de le lire totalement, elle lui demanda si elle l'avait lu.

— Non, pas encore. Je n'ai pas fini, mais j'en ai lu suffisamment pour faire chaque jour les exercices qu'il préconise.

Pauline se souvint de son passé, de ce mal au dos qu'elle avait dans l'autre monde, mais elle n'avait pas de baguette à l'époque. Il lui faudrait lire ce livre avec attention.

Elles se rendirent dans la salle à manger pour prendre leur petit déjeuner. Pauline avait très faim, elle n'avait presque rien mangé au repas du soir.

En un quart d'heure, la salle s'était remplie. Elle observait le va-et-vient de tous. Jennifer, Bérengère, Céline, Malandrin et Vivaldi étaient présents. Il manquait Roberta, la petite rousse. Elle sentit un frisson lui parcourir le corps.

La fée Morgiane entra dans la salle à manger, elle était décomposée par la colère.

Elle était accompagnée de Phéddo et Diana. Elle appela :

— Jennifer ! Veuillez me suivre dans mon bureau.

Diana s'avança vers Pauline.

— Nous avons à parler toutes les deux, Phéddo m'a raconté ce qui s'est passé cette nuit. La fée Morgiane n'est pas au courant, je ne lui ai encore rien dit.

Pauline baissa la tête, elle allait sûrement se faire sermonner. Diana la regarda droit dans les yeux.

— Te rends-tu compte de ce que tu as fait ! Mais quelle mouche t'a piquée pour agir ainsi ? Tu aurais pu être découverte.

Diana s'arrêta de parler. Elle la regarda dans les yeux, elle y lut son désespoir, elle savait que ses intentions étaient bonnes, elle poursuivit :

— Je sais ce que tu ressens, tu es comme moi, tu as horreur du mal, c'est pour cela que je t'ai choisie. Mais il faut être prudente, nos pouvoirs ne servent à rien si on enfreint certaines règles.

— Je sais, mais je crois avoir découvert une chose importante, je connais la responsable. Vous avez vu qui manque à l'appel ce matin ?

— Oui ! C'est Roberta ! Il va falloir jouer serré pour démasquer la coupable, elle doit être sur ses gardes.

— Je suis sûre que c'est Jennifer la coupable, elle n'était pas dans sa chambre hier soir.

— Nous le savons. Il lui reste encore deux mois d'études. Nous devons agir vite, mais avec diplomatie. Personne ne doit se douter. Phéddo va nous aider, je lui fais entièrement confiance. Quant à toi, si tu veux récupérer le miroir, tu dois avoir confiance en moi et prendre patience, nous agirons bientôt. Ton éducation est maintenant au point, nous allons pouvoir travailler ensemble. En attendant, je vais te confier une première mission.

— C'est vrai ! De quoi s'agit-il ?

— Concentre-toi, que vois-tu en moi ?

Pauline ferma les yeux, elle se concentra un court instant.

— Je lis dans l'esprit de Jennifer !

— Parfait, tu es la meilleure ! Pour cette première mission, tu vas m'être très utile ! Il s'agit en effet de lire dans l'esprit de Jennifer ! Hier soir, ce n'était qu'une réplique de ce qui va se passer. Dans deux jours, ce sera la pleine lune, et nous devons savoir qui est l'élue. Voilà mon plan...

Elle lui expliqua comment ils allaient entrer en action, elle en avait envie depuis si longtemps. Et comme il s'agissait de traquer Jennifer, elle avait l'approbation et l'accord de la fée Morgiane et de la reine. Rien ne pourrait les arrêter. Mais elle lui demanda :

— Que va devenir Roberta ?

— Pour le moment, elle n'est que prisonnière, le sacrifice n'aura lieu que dans deux jours. Phéddo surveille les lieux...

Pauline attendit patiemment la fin de ces deux jours pour se mettre au travail. Elle entra dans la salle à manger où tous déjeunaient. Elle prit place face à Jennifer, qui était seule. Comme tous les matins, elle avait son air renfrogné des mauvais jours. Bérengère la boudait. Ces derniers temps, elle s'était liée d'amitié avec Vivaldi, ce qui n'était pas du goût de Jennifer.

Elle comprit pourquoi elle avait cette mine.

Bérengère commençait à se rendre compte de la méchanceté de Jennifer, elle ne voulait plus être sa complice. Elle devait être au courant de ses mauvaises actions et de ses intentions. Peut-être aussi pourquoi Roberta avait disparu. Mais Pauline ne s'attarda pas sur Bérengère. Elle fit celle qui n'avait rien remarqué de cette soudaine perte d'amitié. Elle entama la conversation. Les yeux de Jennifer brillaient d'une lueur étrange. Pauline lui parlait, mais elle ressentait sa méfiance pour cette soudaine attention.

— Que me veux-tu ? lança-t-elle.

— Rien d'autre que de bavarder un peu avec toi. Dans un mois, nous aurons peut-être quitté l'école, aussi, je me demandais ce que tu comptais faire après les examens. Je vois que Bérengère semble distante envers toi, seriez-vous en froid ?

Jennifer hésita un instant, puis répondit :

— Cela ne te regarde pas ! En ce qui concerne mes études, ce sont mes parents qui décideront, ou plutôt ma grand-mère ! Tu te doutes peut-être de ce qu'elle va vouloir pour moi ? dit-elle en riant aux éclats. Quant à Bérengère, je me fiche pas mal d'elle, elle peut fréquenter qui elle veut, mais...

Elle ne finit pas sa phrase. Sa méfiance envers Pauline la fit taire.

Cette dernière comprit qu'il y avait de la menace dans ses propos, elle cessa de lui parler de Bérengère. Elle savait que ce n'étaient pas les parents de Jennifer qui décideraient de son avenir, ils étaient très gentils. C'est pour cette raison qu'ils avaient mis leur fille dans cette école. Sa grand-mère était une véritable sorcière qui régentait sa vie. Elle vivait sous son influence. Sa grand-mère secondait la reine des sorciers.

Elle assistait à tous les sacrifices, à toutes les fêtes morbides. Elle ne manquait jamais d'y emmener sa petite-fille, car elle voulait qu'elle devienne comme elle, ce qu'elle était en train de réussir. Les parents de Jennifer ne pouvaient pas lutter, ils n'avaient qu'un espoir, laisser faire le temps, en espérant que leur fille change grâce à l'école.

Pauline percevait ses ondes diaboliques qui l'habitaient, mais cette dernière était de plus en plus méfiante.

— Ne me crois pas si stupide ! Je connais tes pouvoirs, mais tu ne peux rien contre nous tous !

— En attendant, il n'y a que de la méchanceté en toi. Quand je pense que tu pourrais devenir une bonne fée.

— Je ne veux pas être une bonne fée, je veux au contraire les voir trembler devant moi, toi en particulier, pour toutes les humiliations que tu m'as infligées, lança-t-elle de sa voix de sorcière.

— Pour cela, il faudra te lever de bonne heure !

— Tu crois ça ! Méfie-toi, pour que cela n'arrive pas plus tôt que prévu !

Le plan de Diana commençait à fonctionner, elle perdait son calme. Heureusement qu'elle ignorait que Pauline pouvait lire ses pensées. Le message qu'elle venait de capter lui fit peur. Elle apprit qu'elle serait sa prochaine victime. Elle eut un mouvement de recul, mais très vite se ressaisit.

Phéddo entra dans la salle à manger, et se dirigea vers les jeunes filles.

— Pauline, ma tante voudrait te parler, peux-tu te rendre dans son bureau ?

— Bien sûr ! J'y vais tout de suite.

Elle savait qu'il ne s'agissait pas de sa tante, mais de Diana. Elle arriva comme une tornade.

— Je crois que l'affaire est grave, c'est à toi qu'ils en veulent, il va falloir agir…

— Tu as capté son esprit ?

— Non, c'est le tien, le sien, je n'y arrive pas. Et je dois dire que cela me fait peur, je ne vais plus te quitter. Je vais être constamment dans ta tête pour que, le moment venu, on synchronise notre action. Notre victoire en dépend. Je vais prévenir Phéddo pour qu'il ne te lâche plus.

— Ai-je carte blanche dans mes actions ?

— Oh oui ! Pour tout ce que tu pourras faire, tu l'as, en te souhaitant de réussir.

— J'ai beaucoup appris, mais je ne maîtrise pas encore très bien la pratique.

— Je suis sûre que tu réussiras, car tu as toute cette force, cette énergie, tes pouvoirs se développent de jour en jour, aucune autre ne pourra t'égaler. C'est dans tout cela qu'est ta chance de réussite, c'est ta concentration dans tes pensées… tes actions… ne pense qu'à cela ! Mets de côté ton impulsivité, c'est elle qui risque de te causer des problèmes. Tu vas te retrouver dans un monde démoniaque, regarde-les toujours droit dans les yeux, tu y liras leurs intentions.

— Vous pensez que c'est pour cette nuit ?

— Oui, la lune sera ce soir à son zénith. Tu as un avantage sur eux, c'est que tu sais qu'ils vont te capturer.

— Dois-je me débattre, me défendre ?

— Bien sûr, il ne faut pas qu'ils se doutent de quelque chose, car je me méfie de leur reine, elle a d'immenses pouvoirs.

— Et pour mes parents ? Comment retrouver le miroir ? J'ai eu beau chercher, je ne trouve pas, je n'arrive pas à capter sa cachette.

— Ne désespère pas, nous arriverons bien à mettre la main dessus. Si tout se passe comme prévu, nous le trouverons. Cela ne délivrera pas tes parents, mais il nous donnera des indices sur le lieu de leur détention.

Diana serra Pauline contre son cœur.

— Tu es pour moi comme une sœur, je te demande encore une fois d'être très prudente.

— Oui, c'est promis, merci.

Pauline avait du mal à le croire, pourtant cela allait arriver. Les sorciers allaient l'enlever. Elle savait qu'il la cherchait depuis longtemps, mais elle n'aurait jamais cru que cela arrive au sein même de l'école, et encore moins par une élève qui suivait des cours de fée.

Il y avait beaucoup de mal en Jennifer, mais aussi le pouvoir de dominer le monde. Cette volonté lui faisait peur, car elle ignorait comment ils allaient s'y prendre pour l'enlever. Mais la seule chose dont elle était sûre, c'est qu'elle les combattrait avec toute la force de ses pouvoirs...

Chapitre 11

La nuit des cauchemars

La nuit était tombée. Diana avait rejoint sa chambre, elle savait que les événements approchaient. Elle s'assit devant son bureau, sortit son ordinateur portable. La chambre de Pauline apparut sur l'écran.

Elle était seule à savoir comment la protéger des sorciers, elle ne lui avait rien dit à propos de l'ordinateur ni comment elle allait entrer en action. Elle ne voulait pas l'effrayer. Elle lui laissait le champ libre, pour toutes ses actions. C'est de cette façon qu'elle allait mesurer ses pouvoirs. Mais en cas d'échec, elle était prête à intervenir.

Diana connaissait la façon de faire des sorciers, ils commençaient par jeter un sort à la personne choisie, pour l'avoir à leur merci. Après, tout dépendait de la nature de la fille ou du garçon. C'est pour ces raisons qu'ils s'attaquaient toujours à de jeunes élèves, plus vulnérables. Mais ils ne connaissaient pas encore Pauline.

Bien qu'elle soit une élève redoutée et redoutable, ils ignoraient la violence et la force de ses pouvoirs. Peut-être pensaient-ils pouvoir la piéger, comme ses parents. Mais c'était sans compter avec Diana qui veillait. Car tout pouvait basculer dans l'horreur. Pauline pouvait perdre confiance en elle, par la peur ou le chantage. Nul n'est prophète en la matière...

La veilleuse de la chambre de Pauline se mit à trembler, puis s'éteignit. Diana ne vit plus rien. L'heure avait sonné, Jennifer entrait en action.

De sa baguette puissante, Diana éclaira à nouveau son ordinateur pour suivre les événements. Elle entra dans la tête de Jennifer, qui n'était pas seule, un inconnu, que Diana identifia, l'accompagnait ; c'était un korrigan. Elle aperçut Pauline endormie.

Ils avaient revêtu leurs capes de sorciers. Se croyant seuls, ils ne cachaient même pas leur visage.

Jennifer se pencha sur Perline, fit tomber sur sa tête une poudre blanche qui allait l'endormir profondément, puis elle s'approcha de Pauline :

— Alors, ma belle ! Tu fais moins la fière maintenant que tu es à ma merci !

Elle sortit le miroir de sous sa cape.

— Dommage que tu ne puisses pas les voir, mais ce n'est pas la peine puisque bientôt tu iras les rejoindre !

Elle lui prit la tête, lui fit boire un breuvage qui la fit réagir. Ce fut de courte durée, elle retomba endormie, c'est du moins ce que crut Diana. Elle aurait pu lire dans son esprit, mais elle ne le voulait pas, il fallait qu'il soit libre. Mais avant de se coucher, Pauline avait avalé une potion qu'elle avait mise au point, et qui l'immunisait contre tout produit maléfique.

Jennifer brandissait le miroir devant les yeux fermés.

— Si tu savais à quoi je pense, lança-t-elle. Ce miroir, que tu cherches à me prendre, j'ai envie de le briser. Mais je n'en ferai rien, du moins pour le moment.

Puis, elle sortit de sa poche un petit sachet de poudre, qu'elle versa tout autour de Pauline. Avec l'aide de l'inconnu, ils entonnèrent une mélopée macabre.

— *Oh toi ! Prince des ténèbres, aide-nous à emporter Pauline Samer vers notre reine bien-aimée.*

Le corps de Pauline se souleva, ils l'enveloppèrent dans leur cape, puis disparurent dans la nuit.

Diana savait maintenant qu'il était l'heure d'aller rejoindre Phéddo. D'un coup de baguette, elle arriva devant sa porte qui s'ouvrit aussitôt.

— Je vous attendais ! dit-il.

— Vous savez comment se protéger des sorciers, n'est-ce pas ? Vous en avez parlé à personne ?

— Non, personne, à part ma tante bien sûr.

— Alors, nous n'avons plus de temps à perdre, nous devons nous assurer que tout se passera bien pour Pauline.

Elle n'avait pas terminé sa phrase qu'une tornade s'abattit sur eux.

— Ma tante ! s'écria Phéddo. Mais que faites-vous ici ?

— Je viens simplement m'assurer que le dispositif de protection que vous avez mis en œuvre est efficace, je ne voudrais pas qu'ils vous arrivent quelque chose ni à Pauline. J'imagine qu'il n'y a pas de mal à ce que je m'en assure ?

— Bien sûr que non, ma tante. Nous nous sommes chargés des sortilèges. Diana a ses armes, moi les miennes. Il m'a été facile de les connaître, ces sorciers sont stupides. J'ai réussi à entendre leur conversation. J'espère que tout se passera bien. Maintenant, ne perdons plus de temps, chaque minute compte.

— Vous êtes les seuls à savoir comment se protéger d'eux. J'ai toute confiance en vous. Je vais passer la nuit devant mon ordinateur, pour guetter tous vos mouvements. Je reste en contact, au cas où... Allez ! Partez !

Ils s'inclinèrent devant elle, et ensemble sortirent leurs baguettes. C'est main dans la main qu'ils disparurent dans la nuit. C'est en silence qu'ils arrivèrent, chacun montant une licorne qui les déposa près de la maison des sorciers. La lune brillait, mais les nuages la masquaient par moments, ils plongèrent un instant dans l'obscurité. Phéddo avait sa torche qu'il dirigea à leurs pieds. Ils aperçurent la lumière filtrer de la cabane. Ils firent le tour de la maison sans se parler, ils ne communiquaient que par télépathie. Diana lui transmit qu'il y avait un chaudron fumant, il y jeta un coup d'œil. Autour dansaient trois sorciers. La reine n'avait pas encore pris place sur son trône, une musique sinistre envahissait la pièce. Ils ne voyaient pas encore Pauline. Où pouvait-elle être ? Ils s'éloignèrent pour parler.

— Vous avez vu ? Que peuvent-ils bien préparer avec ce chaudron ? demanda Phéddo.

— Je le sais, dit Diana, d'un geste nerveux, ils préparent la danse du dragon. J'ai déjà lu ce rituel dans un livre. Pour que le dragon survive, il doit boire le sang d'une vierge.

— Pauline, mon Dieu ! lança Phéddo. Qu'allons-nous faire ?

— Nous allons prendre l'apparence des sorciers. Il y aura sûrement une cérémonie, et ils vont être nombreux à y assister. Nous nous faufilerons, en espérant ne pas être remarqués. Venez, nous allons nous transformer.

Ils lancèrent ensemble leur formule magique. Ils se retrouvèrent vêtus de nippes noires, d'un chapeau pointu, la panoplie du sorcier. Leur aspect physique avait pris leurs traits. Ils pouvaient suivre les autres qui étaient en train d'arriver.

Ils franchirent sans encombre la porte de la cabane. La pièce n'était pas très grande, ils furent obligés de se mettre au fond, ce qui les arrangeait. Une musique lugubre résonna, suivie de chants identiques.

L'attente ne fut pas trop longue, la reine avait pris place, sur ce qui lui servait de trône, il ressemblait à un horrible crapaud.

Diana en reconnut quelques-uns parmi les sorciers, et les korrigans. Il y avait aussi quatre nains, aussi laids les uns que les autres. Elle reconnut celui qui avait accompagné Jennifer. Deux autres sorciers venaient d'atterrir, à califourchon sur leur balai, suivis de près par deux sorcières très laides et âgées.

Elle comprit que l'une d'entre elles devait être la grand-mère de Jennifer. Ils durent se serrer pour les laisser passer.

Un murmure parcourut ce petit monde. Diana les compta, ils étaient au nombre de treize. Puis la reine se leva.

— Merci à tous d'être présents, nous allons pouvoir commencer.

D'un claquement de doigts, elle ouvrit les festivités. Au milieu de la pièce, le chaudron bouillonnait ; la reine lança une poudre blanche qui, au contact de la chaleur, dégagea une fumée si épaisse que l'on ne se distinguait plus les uns des autres. Cela eut pour effet de les faire tous tousser.

— Excusez-moi, lança-t-elle, j'ai dû trop forcer la dose !

Personne ne répondit.

Diana scrutait chaque coin de la pièce. Elle fut attirée par une petite porte qu'il était difficile de distinguer dans toute cette fumée. Elle ferma un instant les yeux, et se concentra. Cette fois, elle en était sûre, Pauline était derrière, mais elle n'était pas seule. Phéddo la regardait, lui faisant des signes avec les yeux. Elle y lut la peur d'être découvert. Elle ne bougea pas, mais lui lança un autre regard, il baissa les yeux.

La porte que Diana avait aperçue s'ouvrit. Un monstre à deux têtes entra, portant dans ses bras — Diana n'en revenait pas — la petite Roberta.

Elle eut un soupir de soulagement en voyant que la petite fille était toujours vivante. Mais alors, qui allait être sacrifié ?

Elle comprit que ce serait le sang de Roberta que boirait le dragon. Pauline irait rejoindre ses parents. Voilà pourquoi les korrigans étaient là ! Mais où était Jennifer ?

Elle allait bientôt le savoir, car cette dernière venait d'entrer dans un accoutrement très particulier : à demi nue, elle se lança dans une danse de sorcellerie.

Roberta reposait sur une table. Jennifer tournoyait autour d'elle, en lui lançant sur le corps des gouttelettes d'une fiole qu'elle avait dans sa main. Chaque goutte faisait réagir la jeune fille, qui poussait de petits cris. Diana ferma un instant les yeux. Elle creusait dans ses souvenirs les composants qui donnaient ces effets. Les cris de Roberta lui brisaient le cœur. Ils n'avaient pas de choix, ils devaient attendre pour voir ce qui allait se passer.

La reine s'agitait sur son trône, elle implorait le dragon de se manifester. Ce dernier ouvrit grand sa gueule, sa langue caressa le corps de Roberta qui se mit à hurler. Puis une autre porte s'ouvrit, celle où Diana avait pressenti la présence de Pauline.

Enchaînée, l'air abattu, poussée par un korrigan, elle traînait littéralement les pieds. Diana commença à douter, comment allait-elle pouvoir s'en sortir seule ? Elle chercha encore dans sa tête la composition de cette poudre.

La reine, dans un rire effroyable, lança cette affreuse phrase :

— Samer ! Vous deviez être la plus belle et la plus grande de toutes les fées ! Cela fait désormais partie du passé ! Vous voilà à notre merci ! Vous vouliez retrouver vos parents, nous allons vous en donner l'occasion, dès ce soir ! Votre nouvelle famille, dit-elle en se tournant vers les korrigans, vous conduira auprès d'eux. Mais avant, vous devez assister au sacrifice de votre amie, vous allez vous-même lui donner le coup de grâce.

Diana scrutait Pauline, qui venait d'ouvrir les yeux. Elle toisa la reine et répondit :

— Oui, reine des ténèbres, pour retrouver mes parents, je ferai tout ce que vous me demandez !

Diana n'en revenait pas, elle n'en croyait pas ses oreilles, mais que lui arrivait-il ? Que disait-elle ?

— Détachez-la ! lança la reine.

Le korrigan s'exécuta.

Pauline avait les pieds et les mains libres. Elle demanda à desserrer ses chaussures qui la blessaient, ce qui lui fut accordé. Elle se pencha avec des gestes légers et précis, elle savait qu'avant le sacrifice, ils devaient tous boire une potion que la reine préparait. Un breuvage fabriqué avec de l'agave, une plante originaire du Mexique, avec lequel on fabrique l'alcool comme la tequila, ajouté à de l'absinthe, ce qui lui donnait ce goût amer. Elle serait servie par Jennifer.

— Oh ! Reine, puis-je avoir à boire ?

— Approche, sers-toi !

Pauline avait retrouvé sa souplesse. Diana et Phéddo, qui ne la quittaient pas des yeux, se demandaient bien ce qui allait se passer...

Elle plongea la louche que Jennifer lui tendait dans le chaudron. Elle remplit le gobelet posé à côté d'elle, en but quelques gouttes, c'était brûlant, mais elle ne sentit rien. Ce que personne ne vit, mais que Diana remarqua, c'est la poudre qu'elle fit tomber dans le chaudron, un mélange d'asphodèle et d'absinthe, qui allait devenir un somnifère très puissant. Elle y avait ajouté quelques feuilles d'aloès (un purgatif) pour corser les effets. Ce mélange, elle l'avait appris dans le livre que lui avait transmis sa mère, lorsqu'elle se trouvait dans le cachot. Elle seule pouvait lire dans ce livre, en passant simplement ses mains sur les pages vierges. Aucune autre fée ne pouvait.

La danse avait pris fin, Jennifer distribuait à tous un gobelet du breuvage censé les mettre en transe pendant le rituel.

Pendant qu'ils se délectaient, Diana et Phéddo voulurent s'éclipser, ils ne voulaient pas boire ce breuvage dont Diana soupçonnait déjà les effets désastreux.

Mais Jennifer avait aperçu les deux sorciers qui essayaient de sortir.

— Hé, vous deux ! Vous devez boire comme nous tous !

Diana et Phéddo se regardèrent. Ils ne pouvaient plus fuir, ils se retournèrent et prirent le gobelet que leur tendait Jennifer. Cette dernière ne remarqua rien, elle les prenait pour de vrais sorciers. Elle avait été la première à boire le breuvage. Ils firent semblant d'avaler, laissant le liquide leur couler dans le cou, puis attendirent. La reine fut la dernière à boire.

Le dragon commençait à s'agiter, il avait soif, mais pas du même breuvage. Pauline s'était approchée de Roberta, celle-ci lui sourit. Elle était heureuse de voir une tête amie. Elle lui fit un clin d'œil, lui intimant de ne pas parler. Jennifer s'avança vers Roberta, elle essaya de lui faire avaler le breuvage.

— Non, s'écria la reine ! Il ne faut pas lui donner de breuvage. Son sang doit être pur, sans aucun goût, le dragon ne serait pas content.

Pauline fut soulagée.

Brusquement, un nuage de fumée, accompagné d'un sifflement sonore emplit la pièce. Pauline, par le seul éclat de ses yeux, avait réussi à faire fondre le chaudron, la potion se répandit dans toute la pièce et vint brûler les pieds des sorciers du premier rang. Ils se mirent à gémir, mais ça ne dura pas longtemps.

— Qui a fait cela ? cria la reine, en faisant disparaître d'un geste de la main le brûlant breuvage.

— C'est moi, lança Pauline ! Et vous n'avez pas tout vu…

Elle la fixa dans les yeux, ce qui la fit chanceler. Le regard de Pauline l'éblouissait, elle ne voyait plus rien. La potion aidant, elle porta ses mains à son ventre, puis ses yeux devinrent couleur arc-en-ciel.

Diana et Phéddo admiraient le spectacle, les autres sorciers commençaient à se tordre dans tous les sens, avant de s'écrouler, terrassés par le puissant somnifère. Jennifer se mit à baver, ça coulait le long de sa bouche, elle n'était pas encore complètement endormie.

Le dragon se rua sur Roberta, il comprit qu'il allait perdre sa proie, il ne voulait pas être privé de son breuvage. C'est alors que Diana et Phéddo entrèrent en action. De leur puissante baguette, ils l'encerclèrent, il s'écroula à son tour, paralysé. Pendant que Pauline s'occupait de Jennifer, Diana enveloppa Roberta.

— Viens, Pauline, il faut partir avant que d'autres sorciers n'arrivent.

— Pas encore, je dois trouver le miroir, je sais qu'il est ici. Partez devant, je vous rejoins.

— Phéddo restera avec toi, tu n'as pas de baguette, moi, j'emmène Roberta à l'infirmerie. Bravo, Pauline, bien joué !

Roberta lui lança avant de s'envoler :

— Regarde dans la poche de la reine, j'ai cru voir un miroir.

Puis, d'un bruissement d'ailes, elles disparurent.

Pauline fouilla la reine, elle avait sous ses jupes une multitude de jupons. Enfin, elle sentit un objet dur. Elle essaya de le prendre, mais il semblait coller au tissu.

Phéddo vint à son aide.

— Je n'arrive pas à l'attraper, il semble attaché à ses nippes.

— Laisse-moi faire, je vais essayer avec ma baguette.

Il lança une formule, mais elle ne marcha pas.

— Veux-tu me prêter ta baguette, je vais essayer une nouvelle.

Il la lui tendit.

— *Baguette magique, Arravaïmaisoa étoilé, sortifamaisonasortiers... Cherchumsouajupé, objectif no appartus...*

Une lumière en forme de main glissa sous la jupe de la sorcière. Cela ne dura que quelques secondes. La main revint tenant le miroir.

— Bravo, Pauline, tu as réussi !

— Oui, partons maintenant, et ramenons Jennifer au château.

Il se pencha sur elle, qui dormait à poings fermés. Un liquide marron coulait le long de ses cuisses, dégageant une odeur nauséabonde, la purge faisait son effet. Dans quelques instants, l'air allait devenir irrespirable, ils avaient tous la colique. Pauline alla chercher un seau dans la pièce à côté, avec la baguette de Phéddo, elle le remplit, et fit apparaître une belle savonnette parfumée. Elle en aspergea Jennifer et la lava entièrement. Cette dernière ne bougeait même pas, elle avait l'apparence d'une morte. Phéddo, d'un coup de baguette, la vêtit correctement, l'enveloppa et l'emporta.

Ils gagnèrent la forêt, où la licorne de Phéddo les attendait. Pauline était un peu secouée par cette nuit mouvementée, aussi, elle se laissa conduire. Dans toute cette agitation, elle avait au moins gagné une chose, « le miroir ».

La lune brillait encore, malgré la nuit avancée. La licorne trottinait en silence. Phéddo ne voulait pas la faire voler, pour éviter de rencontrer quelques sorciers égarés sur leur balai.

Soudain, un bruissement de feuilles se fit entendre. Ils tendirent l'oreille.

— Il y a quelque chose, ou quelqu'un qui marche, dit-il tout bas.

— À quoi penses-tu ?

— Je ne sais pas, un loup-garou peut-être ? Ce sont des nuits où ils rôdent. Ou autre chose ? Avançons doucement.

Ils avancèrent tout en guettant le moindre bruit. Soudain, dans la clairière, les feuilles se mirent à bouger.

— Qui est là ? lança Phéddo. Pas de réponse. Qui va là ?

Personne ne répondait, puis une forme se dessina.

C'était une licorne, elle avait l'air mal en point. Phéddo s'en approcha.

— Elle est blessée, il faut que je regarde sa blessure.

Pauline le rejoignit, elle voulait elle aussi voir l'animal.

À leur vue, la bête se coucha, elle était épuisée, elle avait dû beaucoup marcher. Phéddo éclaira la clairière.

— Nous allons nous faire repérer, dit Pauline.

— C'est fort possible, mais nous devons nous occuper de cette blessure.

En effet, la licorne avait une large et profonde blessure sur le flanc, elle saignait abondamment.

— Regarde dans ma sacoche, tu y trouveras un sachet de poudre de carottes qui est fort efficace contre les infections. Je vais lui en mettre sur sa blessure, et avec ma baguette, je vais refermer la plaie. Cela ne me prendra que quelques minutes.

Pauline le regardait faire, elle était en admiration devant son savoir, mais elle n'était pas très rassurée. Ils n'étaient pas assez loin de la cabane des sorciers, cette lueur risquait de les faire prendre. Elle sentit le danger approcher.

— Phéddo ! Vite, je sens quelque chose qui approche !

— Voilà, c'est terminé.

D'un seul coup, la licorne se releva et vint lécher la main de Phéddo. Comme si elle aussi sentait le danger, d'un coup de museau léger, elle lui fit comprendre qu'elle voulait qu'il monte sur son dos.

— Non, Licorne, tu es gentille, mais prends plutôt Pauline, moi j'ai un paquet à livrer.

Pauline monta sur le dos de la bête, ils s'éloignèrent rapidement de la clairière. Pour aller plus vite, elles s'élevèrent dans le ciel pour traverser la forêt. Ils étaient en vue du château, quand une nuée de sorciers, perchés sur leur balai, vint les attaquer.

Ils étaient au moins une vingtaine. Pauline n'avait pas sa baguette magique ; épuisée par cette nuit, elle était vulnérable. Phéddo attrapa la lanière de sa licorne et la glissa dans son bras. Les deux licornes battaient des ailes, et donnaient des coups de corne et de queue pour les éloigner. Celle sur laquelle était assise Pauline lançait à la volée des flammes par ses narines, tout en poussant de petits hennissements. Quatre sorciers basculèrent dans le vide, désarçonnés par la souplesse et la rapidité des licornes.

Ils fonçaient sur eux, en lançant leur cri de guerre. Pauline saisit la tignasse d'un jeune sorcier, qui avait perdu son balai et son chapeau. Il plongea sa main dans une de ses poches pour attraper un sachet de poudre, il le lui jeta, mais ne l'atteignit pas. Elle le hissa sur la licorne, le regarda droit dans les yeux. Le jeune sorcier, surpris par l'inexplicable échec de sa poudre magique, ne comprit pas ce qu'il lui arrivait. Les yeux de Pauline s'illuminèrent d'une lumière violente, comme un rayon laser, qui sortit de ses orbites... si aveuglante que le sorcier, surpris, sentit sa douleur ; il se mit à hurler... Elle le lâcha, et bascula dans le vide tout en continuant à crier. Elle en attrapa un autre, plus âgé, il était d'une laideur morbide. Il cracha sur Pauline un énorme crapaud qu'elle réussit à éviter, grâce à la souplesse de sa licorne, elle plongea dans les entrailles du sorcier sa longue flamme. Le vilain sorcier reçut en pleine poitrine le feu qui embrasa sa cape. Il sombra lui aussi avec son balai, dans les profondeurs de la nuit, en poussant des hurlements horribles.

Le combat commençait pourtant à devenir inégal, malgré la baguette de Phéddo qui lançait inlassablement des éclairs foudroyants, en atteignant toutes ses cibles. Ils étaient encore une dizaine à voler dans tous les sens, jetant sans cesse leur poudre noire qui ne les atteignait pas. Ils étaient protégés par la potion que Pauline avait préparée contre leurs maléfices. Mais elle avait un effet éphémère, Pauline ne savait pas combien de temps cela durerait.

Heureusement, Diana arriva dans la lumière de la lune, suivie de la fée Morgiane et de tous les élèves.

Ils encerclèrent les sorciers qui tentaient de s'enfuir, deux y parvinrent, mais le puissant rayon des fées enveloppa ceux qui n'avaient pas réussi à s'échapper, ils partirent en poussière pour disparaître à tout jamais. Ce fut une belle victoire pour les fées et les H.F. qui saluèrent par une révérence majestueuse leur descente en enfer...

Dans la bataille, Phéddo avait perdu Jennifer.

— Elle a dû être reprise par les sorciers qui ont fui, dit Diana. Ne vous inquiétez pas, nous la retrouverons.

Puis, se tournant vers Pauline.

— Je suis heureuse que tout se soit bien passé. Mais il faudra que tu m'expliques certains petits trucs que tu as employés.

— Bien sûr, avec plaisir.

Puis, ils se mirent tous à rire.

Depuis ce jour, chaque matin, une licorne vint se poser sur la terrasse du château. Phéddo lui parlait, la caressait, lui donnait à manger. Cette fidélité était exemplaire.

Pauline aussi était la bienvenue et, quand elle voulait aller se promener, la licorne qu'elle avait baptisée « Belle de nuit » se pliait à ses désirs. Elle restait parfois jusqu'à l'aube à lui parler.

Chapitre 12

Reprise des cours

Remise de ses émotions, Roberta avait repris ses cours avec beaucoup de courage et d'assiduité. Depuis cette terrible nuit, elle voulait apprendre à devenir une fée capable de se mesurer aux sorciers, comme l'avaient fait Pauline, Phéddo et Diana. Elle disait à qui voulait l'entendre :

— Pauline m'a sauvée, elle a risqué sa vie pour moi. Je lui dois tout, je lui suis redevable, je lui serai toujours fidèle, je suis prête à lui donner ma vie si cela se présentait.

Brave Roberta ! Pauline lui avait demandé de cesser d'en parler, mais elle était tellement heureuse.

Perline, toujours aussi tête en l'air, vivait dans le sillage de la musique. Bérengère, qui n'était plus sous l'influence de Jennifer, s'était mise au travail et fréquentait de plus en plus Malandrin.

La fée Morgiane était allée trouver les parents de Jennifer, elle voulait savoir s'ils avaient de ses nouvelles.

— Nous ne savons rien, fée Morgiane, avait répondu sa mère. Mais nous pensons qu'elle se trouve avec sa grand-mère. Nous sommes vraiment désolés de ce qui s'est passé.

Ils avaient vraiment l'air sincères, la fée Morgiane l'aurait senti dans le cas contraire.

— Nous n'avons plus qu'à attendre un signe de sa part, je vous affirme que nous sommes contre la sorcellerie.

***

Les cours avaient repris. Me Collation n'arrêtait pas de les faire réviser. Il ôtait ou ajoutait chaque jour des points. On le voyait écrire après chaque question posée. Il prit l'un après l'autre les élèves. Il voulait être sûr qu'ils ne trichaient pas. Ce jour-là, la question des licornes fut à l'ordre du jour.

— Qui peut me dire à quoi servent les licornes ?

Roberta leva la main :

— Je t'écoute !

— Elles servent à sauver nos vies.

— Oui, c'est vrai, mais encore ? Quelqu'un d'autre peut répondre ?

Pauline leva la main.

— Je t'écoute.

— C'est vrai, elles peuvent nous sauver la vie de diverses façons, par leur légèreté, leur silence, leur souplesse. Elles ont une façon de se mouvoir dans les airs qui est incomparable, grâce à leurs ailes qu'elles déploient facilement, lorsqu'un danger est imminent. Elles sont capables de redonner la vie aux êtres purs, ce qui est rare, car très peu le méritent. Elles le font en donnant leur sang, car il contient une substance miraculeuse. Généralement, elles sont immortelles, sauf dans des cas très rares. Soit elles décident elles-mêmes de mourir, soit elles sont dévorées par un prédateur, ce qui malheureusement arrive quelquefois. Mais celui qui tue une licorne ne vit jamais longtemps.

— Bravo, Pauline, j'espère que vous avez tous enregistré cette information.

Le professeur ouvrit son cahier. Pendant qu'il écrivait, Roberta demanda à Pauline.

— Comment fais-tu pour avoir réponse à tout ?

— J'apprends, tout simplement...

— Sais-tu quel est le jour de l'examen ?

— Il est prévu dans quelques jours, mais je ne sais pas lequel.

Elle le savait, mais ne voulait pas lui dire. Elle avait préparé pour ce jour une potion magique qui ôterait leur stress.

Elle était en train d'aider la petite Céline qui, malgré son âge (elle avait deux ans de plus que Pauline), avait beaucoup de mal à suivre. Elle lui donnait des cours particuliers sur le maniement de sa baguette.

Elle n'avait pas le doigté assez souple, sa baguette lui échappait sans cesse des mains. Après deux semaines d'exercices, elle y parvint enfin. Pauline était fière.

Elle ne comprenait pas pourquoi Perline ne réussissait jamais. Elle ne s'en donnait d'ailleurs pas la peine. Elle n'avait qu'une idée, devenir enseignante, mais loin dans le temps, plus tard.

Chapitre 13

Préparation aux examens

Ce matin-là, il faisait une chaleur étouffante dans la classe. Me Talamain, le professeur de métamorphose, attendait les élèves. Ils allaient passer un examen blanc, qui compterait pour le vrai.

La métamorphose, c'est ce que Bérengère préférait. Depuis qu'il n'y avait plus Jennifer, elle s'était liée d'amitié avec Vivaldi, mais taquinait Malandrin à qui la présence de Jennifer semblait manquer. Elle n'arrêtait pas de l'ennuyer. Sur sa table, elle avait déposé des gousses d'ail écrasées. Malandrin n'en supportait pas l'odeur. Un jour, il avait dit en cours que ses parents en consommaient beaucoup, parce que leur odeur chassait les vampires. Mais lui, ça lui donnait des haut-le-cœur. Un jour, elle le pinça si fort qu'il eut des bleus sur les bras pendant plusieurs jours. Lorsque Pauline la surprit, elle lui lança un regard noir jusqu'à ce qu'elle le lâche. Elle avait toujours en elle ce côté sorcière qui reprenait de temps en temps le dessus. Malandrin n'était pas méchant, il était même devenu un très gentil garçon, et avait fait de gros progrès à l'approche des examens. Il voulait être mage pour exercer dans les sciences occultes, mais dans le bon sens du terme. Il ne se souciait pas de son avenir.

Diana et la fée Morgiane lui avaient fait la leçon, il devait oublier Jennifer. Il avait eu la démonstration de sa monstruosité envers Roberta. Elles lui firent admettre qu'elle s'était servie de lui pour mener à bien ses méfaits. Il était convaincu et regrettait son comportement vis-à-vis des autres. Le soir de la grande bataille, pour se racheter, il avait abattu trois sorciers. Cela lui avait donné la chance de travailler au château de la reine Mirabella, qui avait besoin de garçons courageux. Bérengère, elle, allait continuer ses cours encore une année.

Diana avait dit à Pauline qu'elle ne serait jamais une fée accomplie, sa méchanceté avait été trop importante, malgré son repentir. Mais le pardon existait dans le monde féerique, et un jour, elle aurait droit à une seconde chance.

Roberta mettait les bouchées doubles, il lui faudrait attendre deux ans pour devenir une merveilleuse fée. Quant à Céline, elle poursuivrait ses cours au château de la reine.

— Allons ! Vous êtes ici pour travailler, et me montrer ce que vous avez retenu de mes cours ! lança le professeur. Bérengère ! Vous qui semblez pressée de nous montrer vos exploits, approchez.

Sa voix n'était qu'un murmure, mais on l'entendait distinctement.

— Allez, mon enfant, ici, on ne s'amuse pas. Vous allez me faire la démonstration de changer cette grenouille en ce que vous voulez.

Bérengère prit la grenouille du bout des doigts, comme si elle en avait peur. Sa main tremblait, elle ne savait pas comment la tenir, elle avait peur qu'elle s'échappe. La pauvre grenouille devait avoir plus peur qu'elle. Enfin, elle lui attrapa les deux pattes arrière, gonfla sa poitrine et articula la phrase magique :

— *Passagrouilinvincil, transformut en oisoeil...*

C'est alors que la petite grenouille disparut dans un nuage noir. Bérengère recula, lâcha ce qui était encore une grenouille pour laisser place à un magnifique oiseau qui, d'un battement d'ailes, s'envola en sifflotant. Il se posa sur le lustre en forme de papillon de la salle de cours.

— Bravo ! lança le professeur.

Il se pencha sur son bureau, écrivit quelques mots sur son cahier, puis le referma.

— Alors ! Qui veut être le prochain, ou la prochaine ?

— Moi, monsieur ! répondit Malandrin.

— Bien, mon garçon, voyons ce que tu vas nous faire aujourd'hui.

Il était devenu en quelques jours un des meilleurs manipulateurs de baguette, après Pauline. Il arrivait à faire apparaître tout ce qu'il voulait. Pas plus tard que la veille, il avait réussi a changé le chat gris en un magnifique bouquet de roses. Bouquet qu'il offrit à Pauline, mais qu'elle refusa, en lui demandant de faire revenir le chat.

— Garde-le jusqu'à demain, lui dit-il. Je le ferai revenir après.

Pauline avait un peu hésité, mais ne voulant pas le contrarier, elle accepta le bouquet. Elle savait ce qu'il allait faire.

***

Le lendemain matin, tous attendaient le moment où il allait faire revenir Grisounette.

Il reprit le bouquet de fleurs.

— Alors, mon garçon ! Que vas-tu faire avec ce bouquet ? demanda le professeur.

Malandrin regarda Pauline et lui sourit. Puis il lança sa formule :

— *BouquetonsRoderons, Chatouillonsnorillons, tranformuschatounus.*

Le même nuage entoura le bouquet, il le déposa aux pieds de Pauline, qui vit apparaître un mignon chaton blanc.

— Oh ! lancèrent en cœur les autres élèves. Comme il est mignon ! Quel beau petit chaton !

Pauline le prit entre ses mains, elle le trouvait vraiment mignon et beau, plus que le chat gris.

— Merci, Malandrin, tu es un véritable génie.

— À qui est ce chaton ? lança le professeur. Il ne fait pas partie de la maison ?

— Si, professeur, il en fait partie. En vérité, il est né il y a trois semaines et se prénomme Boule blanche, car c'est une fille. Elle est de notre chatte bien-aimée, Grisounette.

Il ouvrit la porte et Grisounette entra en miaulant, car elle cherchait sa progéniture depuis la veille. Elle se frotta contre Pauline, qui déposa Boule blanche entre ses pattes. Cette dernière l'attrapa par le cou, tourna sur elle-même en tenant sa tête bien haute, puis disparut en silence.

Tous les regards étaient rivés sur ce spectacle émouvant de tendresse et d'amour.

Pauline regarda Malandrin, elle ne pouvait pas parler devant le professeur, mais avec ses yeux, elle le remercia pour cet instant de bonheur qu'il venait de leur donner. Il venait de réussir un véritable exploit en remplaçant Grisounette par sa progéniture.

Me Talamain semblait aussi très ému. Après un court instant, il se remit à écrire sur son cahier.

Céline fut la suivante, mais ce fut un échec. Elle ne réussit pas à transformer le crayon que lui avait tendu le professeur. Sa baguette avait pourtant lancé de petits éclairs, mais la formule ne devait pas être bonne…

Roberta fut la dernière, elle avait acquis beaucoup de pratique, et sa leçon de métamorphose fut une réussite. Elle changea Céline, qui rêvait d'être une princesse, en une belle et ravissante jeune fille, entièrement vêtue de blanc, coiffée d'un magnifique chignon serti d'une couronne de diamants et chaussée de pantoufles de verre, comme Cendrillon.

Ce fut une merveilleuse apparition. Céline pleura lorsque le charme s'estompa.

Ils avaient encore deux années à étudier pour progresser, seules Pauline et Perline quitteraient le château, c'est du moins ce qu'elles croyaient.

Elle ne fit pas de métamorphose, le professeur trouvait cela inutile, connaissant ses exploits antérieurs et ses capacités, ce n'était pas la peine.

Elle n'en avait d'ailleurs pas envie, car elle avait hâte de retrouver Diana, qui l'attendait dans son bureau. Elle devait lire avec elle les livres trouvés dans la bibliothèque. Le sort que la reine des sorciers avait lancé sur le miroir opérait encore. Elles devaient consulter plusieurs livres pour trouver une formule de désenchantement, qui supprimerait le sortilège. Le cours fini, elle se dépêcha d'actionner sa baguette pour se rendre au bureau de Diana.

C'est dans un tourbillon de lumière qu'elle arriva devant sa porte. Il y avait une règle, ne jamais arriver directement dans les bureaux des professeurs ou de la reine, ni dans aucun autre endroit. Ils devaient s'arrêter à leur porte et frapper, comme chez un mortel.

Pauline frappa.

— Entrez ! lança la douce voix de Diana.

— Bonjour, Diana !

— Entre, Pauline, je t'attendais. Je ne suis pas sûre, mais je pense avoir trouvé une formule qui conviendrait pour le miroir. Mais avant, je veux que tu la lises et la mémorises. J'ai un peu de mal en ce moment, j'ai reçu de mauvaises nouvelles de l'autre monde, je suis un peu perturbée.

— C'est grave ? demanda-t-elle.

— Oui ! Un être cher vient de monter au ciel.

— Un être cher que tu connais ?

— Oui, très bien ! Je l'aimais beaucoup, je m'entendais bien avec elle.

Elle comprit, car elle avait capté son message. La reine mère, la mère d'Élisabeth d'Angleterre, venait de mourir.

Diana l'avait aimée plus que la reine. Même la mort de la sœur de la reine ne l'avait pas autant touchée. Elle avait aussi d'autres soucis, un de ses fils avait un problème avec la drogue.

Diana savait que Pauline lisait en elle, elle lui dit :

— Tu comprends ce que je ressens ?

— Oui, je comprends ! As-tu pu faire quelque chose ?

— Oui, j'ai fait en sorte qu'il n'y touche plus pour le moment, et qu'il se fasse soigner. J'ai eu de la chance de pouvoir l'approcher, après m'être métamorphosée. Mais la douleur est incommensurable. Depuis que je l'ai vu, j'y pense beaucoup. Je ne peux pas rester longtemps auprès d'eux, je n'en ai pas le droit...

Elle se tut, victime d'une forte émotion.

Pauline s'approcha d'elle et lui prit la main.

— Soulage ton cœur, si tu le veux...

— Merci, tu es gentille, je suis surtout triste. Je sais que je leur manque, mon plus jeune est le très vulnérable, il ressemble à son père, mais il a ma sensibilité. Le pire, c'est que d'autres événements vont survenir et je ne peux intervenir que pour mes enfants.

— Ah bon ! Pourquoi ?

— Je ne peux pas, parce qu'ils m'ont fait trop de mal dans ma première vie.

— Et d'autres fées le peuvent-elles ?

— Non, aucune n'est autorisée à aider cette famille. C'est ainsi, ce sont les règles. Nous n'intervenons jamais pour les personnes qui ont infligé des souffrances à leur entourage ou à leurs proches, surtout si un membre de cette famille est devenu une fée.

— Je trouve cela normal. J'approuve cette règle. Et ton autre fils, as-tu pu le voir ?

— Oui, il semble heureux, il est amoureux ! C'est de son âge.

Elle n'en dit pas plus. Pauline cessa de lui poser des questions, alors qu'elle avait capté d'autres messages, mais elle n'avait pas le droit de poursuivre ni d'insister.

— Bon, je vais lire cette formule.

Diana lui laissa son fauteuil, elle s'y installa, ouvrit le gros livre et se mit à lire. Les lettres étaient petites, mais les yeux de Pauline étaient de véritables loupes. Elle les ferma un instant, et le résumé qui l'intéressait s'inscrivit dans sa mémoire.

— J'ai fini, nous allons pouvoir commencer la préparation de la formule.

— Allons dans le laboratoire. Tu vas me donner tout ce qu'il faut, je ferai la préparation.

Elles partirent ensemble dans un tourbillon de lumière, emportant sous le bras le précieux miroir.

Chapitre 14

Désenchantement

Diana et Pauline s'affairaient dans le laboratoire que le professeur Zipper-fin avait aménagé pour ses potions et tous ses ingrédients, et il en fallait beaucoup. Il y avait dans le laboratoire deux armoires remplies de fioles étiquetées. De l'autre côté, contre le mur, se trouvaient des étagères où s'entassaient des sachets de toutes sortes, des plantes que l'on trouvait sur la planète Terre.

Heureusement que Pauline, avec sa mémoire et sa baguette, pouvait rapidement faire apparaître les ingrédients. Pour un mortel, il aurait fallu des mois pour les trouver, car ils n'étaient pas classés par ordre alphabétique.

Elle devait trouver cinq fioles d'extraits divers, et trois sachets de plantes rares. Elle trouva rapidement les fioles, qui s'alignèrent sur la table : de l'huile de foie de morue, de la crème de pois cassés, un pot de confiture de jujube (aux propriétés émollientes), de la crème de perlimpinpin, et pour finir de l'essence de térébenthine.

Pour achever la préparation des plantes, il lui fallait des racines de sureau, des fruits du sorbier, pour faire le « sorbitol » et des fleurs d'edelweiss, dont les noms usuels : pied-de-lion, étoile d'argent et immortelle des neiges, donnaient à eux seuls toute leur beauté et leur pureté (elles chassaient le malin, et donnaient la vie éternelle à qui les cueillait quand il était rempli de bonnes intentions). Tous les pots étaient bien alignés, quand elle s'aperçut qu'il manquait l'edelweiss. Elle secoua encore une fois sa baguette, mais elle refusait de la lui donner.

— Tu es sûre de ta composition ? demanda Diana.

— Oui, j'en suis sûre, c'est de l'edelweiss qu'il nous faut.

— Allons voir la reine Mirabella pour avoir son avis. Peut-être sait-elle pourquoi nous ne la trouvons pas.

— Attends ! Je viens de penser à quelque chose, si nous allions voir le professeur Zipper-fin, lui aussi peut nous éclairer.

Diana réfléchit un instant.

— Tu as peut-être raison, mais il est reparti au château de la reine.

— Pouvons-nous y rendre ?

— Je ne sais pas si c'est une bonne idée, il nous faut le consentement de la fée Morgiane.

— Allons lui demander.

— Je ne pense pas qu'elle voudra que tu viennes avec moi.

Pauline insista si bien qu'elle s'inclina. À peine avait-elle répondu que la fée Morgiane apparut derrière le mur, tenant entre ses bras Boule blanche qui ronronnait.

— Alors ! Avez-vous trouvé la bonne formule ?

— Non, pas encore, répondit Diana. Justement, nous avons quelque chose à vous demander, il manque une plante, Pauline n'arrive pas à la faire apparaître, sa baguette répond par la négative.

— De quelle plante s'agit-il ?

— La fleur de l'edelweiss !

— Cela ne me surprend pas, elle a disparu après que les parents de Pauline ont été enlevés.

— Depuis qu'ils ont disparu ! s'exclama Pauline.

— Oui, ta mère détenait le secret de cette plante, qu'elle avait réussi à faire pousser ici. Elle seule en connaissait la composition, et les soins qu'il fallait lui prodiguer, c'est une plante sauvage, belle mais fragile, et surtout riche de bienfaits. Depuis sa disparition, personne n'a réussi à la maintenir en vie. Un beau matin, on l'a trouvée complètement desséchée.

— Où peut-on la trouver ? Et pourquoi seule ma mère savait-elle la soigner ?

— Je ne peux, hélas ! pas te répondre, elle seule le sait.

Pauline eut alors une idée... le livre que sa mère lui avait confié, elle devrait y trouver la réponse...

— Je ne sais pas si cela va marcher, mais le livre que m'a confié ma mère contient peut-être la réponse, il me faut le consulter, si vous me permettez ?

— Bien sûr ! Va, Pauline ! J'espère que tu trouveras, car cette plante est rare et sa cueillette encore plus. Elle n'est pas facile d'accès et non sans danger, car elle est gardée par un monstre féroce. Je n'ai jamais su comment ta mère a fait pour s'en procurer, c'est pour cela qu'elle en a rapporté plusieurs racines.

— Si ma mère a réussi, je dois moi aussi y parvenir.

— Tu n'as pas l'expérience de ta mère, tu n'es encore qu'une élève, je ne peux te laisser prendre ce risque.

— Même si je l'accompagne ? dit Diana.

— Cela peut en effet tout changer, mais il faut que j'en réfère à la reine.

Pauline sortit du laboratoire, laissant Diana et la fée Morgiane. D'un coup de baguette, elle arriva dans sa chambre. Une étonnante surprise l'attendait. Phéddo, entouré de tous les élèves, était là. Au premier regard, elle comprit qu'ils avaient une surprise pour elle. Ils étaient trop nombreux pour qu'elle lise dans chacun d'eux, elle ne le fit pas, trouvant ce moment exceptionnel.

— Comme c'est gentil de venir me rendre visite ! lança-t-elle.

— Voilà dit Phéddo, dans quelques jours, toi et Perline, vous allez quitter l'école, et nous voulons vous dire combien vous allez nous manquer. Nous avons souhaité vous offrir un petit cadeau, dont un particulier pour toi.

À peine avait-il fini sa phrase que les élèves s'écartèrent, laissant apparaître une caisse en verre transparente, dans lequel sommeillait un magnifique chiot labrador, couleur sable, le chien préféré de Pauline. Elle porta ses deux mains à sa bouche, ne pouvant contenir une émotion qui, dans ces cas extraordinaires, était autorisée. Elle ne trouvait pas de mots pour les remercier, mais ses yeux exprimaient tout son bonheur et sa gratitude ; elle réussit péniblement à articuler...

— Merci... mille fois merci à vous tous...

Elle le prit dans ses bras ; il se mit à bâiller. Elle le serra, l'embrassa, le caressa, le berça. Tous la regardaient, aussi heureux qu'elle. Au bout d'un moment, elle retrouva la parole.

— Mais comment avez-vous su que je désirais un chien ?

— Ne sommes-nous pas des fées, des magiciens ? Il faut aussi reconnaître que tu as une excellente amie auprès de toi.

Elle comprit que Perline n'y était pas étrangère.

— C'est magnifique... il est magnifique... a-t-il un nom ?

— Non, nous t'en laissons le choix.

— Est-ce une fille ou un garçon ?

— C'est un garçon.

— Mais où l'avez-vous trouvé ?

— Je suis allé hier dans l'autre monde, répondit Phéddo. En passant devant une vitrine, je l'ai aperçu. Il était seul dans ce magasin, triste, assoiffé, presque inconscient, baignant dans ses excréments ; alors je n'ai pas hésité un instant : d'un coup de baguette magique, il est arrivé dans mon sac.

— Mais c'est du vol, ce que tu as fait !

— Pas du tout, c'est porter secours à un animal en danger. J'ai fait ma B.A. de la journée.

— Que va dire la fée Morgiane ?

— Elle ne va rien dire du tout, puisqu'elle est au courant.

Ils se retournèrent : elle venait d'entrer, suivie par Diana.

— Vous étiez au courant ?

— Bien entendu. Bien que je ne sois pas trop d'accord sur la méthode, je le suis sur le geste. J'ai d'ailleurs dépêché un courrier au château de la reine pour qu'elle diligente une fée, afin que cet homme soit puni pour mauvais traitements à animaux.

Pauline tenait toujours le chiot entre ses bras, il lui léchait allègrement le visage, il l'avait déjà adoptée. Phéddo et les élèves sortirent. Pauline posa une question à la fée Morgiane.

— Fée Morgiane ! Comment vais-je faire avec ce chiot, pour aller où vous savez ?

— Oublies-tu que tu es une fée ? Aurais-tu oublié comment il faut faire pour transporter un animal ?

— Excusez-moi ! Non, je n'ai pas oublié, mais j'aimerais qu'il ne subisse pas trop de transformations, car vous savez aussi bien que moi que les animaux trop de fois transformés risquent de se désintégrer, je ne voudrais pas que cela lui arrive.

— Bravo, tu as raison. Je ne l'avais pas oublié...

Elle se tut, un doute s'installa chez la fée Morgiane, qui avait beau s'en défendre, mais elle avait bel et bien oublié ce détail. Pauline le lut dans son esprit, ce qui la fit rougir.

— Décidément, cette petite m'étonne de plus en plus, lança-t-elle. Si cela continue, je vais devoir reprendre des cours !

Elle était irritée, mais s'en remit vite en changeant de sujet.

— Pour ton chiot, je vais étudier la question, voir qui pourrait s'en charger pendant ton absence. Bon, n'avais-tu pas un livre à consulter ?

— Oui, je vais d'abord trouver un endroit pour lui installer un panier. Météor ! C'est le nom que je viens de lui donner.

Rapidement, elle lança cette formule :

— Paniéro libéra, couchera garnéo, Météor.

Un joli panier apparut entièrement recouvert de velours bleu nuit, décoré d'étoiles, dans le fond un coussin de même couleur.

— Voilà, Météor, tu vas pouvoir confortablement t'installer, lui dit-elle.

Elle le déposa délicatement. Il la regarda, se mit en boule, enfonça son museau dans le coussin douillet et s'endormit. Pauline le regardait, attendrie.

La fée Morgiane et Diana admirèrent ce tableau touchant, puis la voix de la fée les ramena à la réalité.

— Bon, nous te laissons à ta lecture ! Si tu trouves quelque chose, viens aussitôt nous en avertir.

— Oui, merci encore...

Dès qu'elles eurent franchi le passage, car la fée Morgiane et Diana ne venaient jamais par la porte, Pauline se mit au travail.

Après avoir ouvert le livre, elle passa ses deux mains sur les pages vierges, qu'elle n'avait pas encore identifiées, elle mettait des croix sur celles qu'elle avait consultées. Elle ferma les yeux, se mit à penser très fort à l'edelweiss. Elle ne connaissait pas cette fleur, ne l'ayant jamais vue, elle savait simplement qu'elle était blanche. Après plusieurs heures à feuilleter, soudain, elle apparut.

Il y avait de nombreuses formules, et elle aurait passé beaucoup de temps à toutes les lire si elles n'avaient pas été classées par ordre alphabétique. Elle arriva rapidement à l'edelweiss. Elle remercia sa mère d'être si bien organisée dans ses écrits. Elle se mit à parler tout haut, ce qui eut pour effet de réveiller Météor, qui arriva près d'elle, tout en remuant sa queue. Elle posa sa main sur sa tête, le caressa, puis il se coucha à ses pieds et se rendormit. Elle poursuivit sa lecture.

— Il est remarquable ce livre, je crois pouvoir trouver tout ce que je cherche. Edelweiss… edelweiss… à oui, voilà, j'ai trouvé ! *Leontopodiumalpinum*, il appartient à la famille des composées (Astéracées). Dans le monde, on l'appelle : « pied-de-lion, patte de lion, étoile d'argent, étoile des glaciers, cotonnière étoilée, reine des glaciers, immortelle des neiges » et originaire de Sibérie, elle vit entre 2000 et 3000 mètres d'altitude.

Que de noms ! Elle préféra immortelle des neiges, elle retint son nom. Il était précisé dans le livre qu'on devait aller la chercher dans son pays d'origine, car il n'en pousse pas dans d'autres et sa magie n'opère pas de la même façon. Elle alla immédiatement rapporter ce qu'elle venait de découvrir à la fée Morgiane et Diana.

— Très bien, il ne reste plus qu'à attendre quelques jours pour les résultats, puis vous partirez toutes les deux la chercher, dit la fée Morgiane en s'adressant à Diana.

— Je serai prête, répondit-elle, j'ai encore quelques missions à accomplir et, une fois finies, j'irai voir la reine Mirabella.

Dans la grande salle des examens régnait un grand silence. Les élèves étaient assis devant leur copie blanche. Diana était partie pour une importante mission. Pauline avait capté un message…

La fée Morgiane entra dans la salle de classe.

— Mes chers élèves, voici un moment très important pour votre future vie. Certains vont devenir des H.F., des magiciens, ou des nymphes, d'autres des fées. Aussi, je vais vous demander de commencer par une rédaction, où vous allez raconter votre séjour dans ce château, ce que vous avez retenu, ce que vous avez appris… Votre copie sera lue avec beaucoup d'attention, je vous souhaite à tous bonne chance.

Puis elle sortit de la salle, en jetant un regard gracieux à Pauline.

La journée s'achevait, ils avaient rendu leur copie. Ce jour-là c'était l'écrit, le lendemain ce serait la pratique, une épreuve plus difficile. Pauline ne s'en soucia pas ni ne s'en préoccupa.

Le professeur les avait envoyés se détendre, pour se préparer aux épreuves du lendemain. Pauline alla chercher Météor, lui aussi avait besoin de détendre ses petits muscles, après avoir dormi sagement dans son panier. Elle le prit dans ses bras et, d'un coup de baguette, ils se retrouvèrent dans le parc.

Elle fut rejointe par les autres élèves. Ils parlèrent de la rédaction qu'ils venaient d'achever, apportant chacun ses commentaires.

Pauline souriait. Elle trouva inutile de leur dire que les prochaines épreuves qui les attendaient seraient difficiles. Ils en étaient conscients, mais pas découragés.

Pauline avait confiance en Roberta et Malandrin, ils étaient à ses yeux les meilleurs.

Ils restaient quatre jours.

Chapitre 15

L'étrange coffret

Météor jouait sur l'herbe fraîche du parc, il faisait des roulades, les quatre pattes en l'air. Pauline le rejoignit, elle lui gratouillait le ventre quand, tout à coup, il se releva, et se mit en arrêt devant un buisson, qu'il reniflait avec insistance. Pauline s'approcha :

— Qu'as-tu, Météor ?

Il continuait à renifler et à gratter la terre avec ses pattes. Elle le laissa faire, car elle comprit qu'il devait avoir découvert quelque chose, mais quoi ?

Au bout d'un moment, elle vit apparaître un petit coffre en fer, elle appela ses amis.

— Venez voir, Météor a déterré un coffre.

Ils le regardèrent, étonnés, surpris.

— Que peut-il contenir ? dit Pauline. Doit-on le toucher... l'ouvrir... voir ce qu'il contient... ? Vous savez ce que nous a appris le professeur Talamain, ne jamais toucher un objet non identifié, sous peine de...

— Sous peine d'être changé en animal ou en statue de pierre, répondit la fée Morgiane qui venait d'apparaître.

— En quoi ? lancèrent plusieurs voix.

— Auriez-vous oublié cette leçon ? En statue de pierre, redit-elle.

— Non, je ne l'ai pas oubliée, répondit Perline, mais ce que nous a appris le professeur Talamain correspond plus à des objets trouvés en dehors du château ; or, nous sommes dans son parc...

— Le parc ne fait pas partie de l'intérieur du château, il correspond aux pièces du château, tu n'as pas bien retenu la leçon, répondit Malandrin.

— C'est vrai, je suis désolée, j'ai encore perdu l'occasion de me taire.

— Pauvre Perline ! dit la fée Morgiane à Pauline. C'est son père qui ne va pas être content, quand il lira la lettre que je lui ai adressée. Je lui ai laissé une seconde chance en la laissant participer aux examens avec vous tous, elle n'a pas su la saisir.

Pauline ne répondit pas, elle était triste pour son amie.

Météor, fier de sa découverte, trouvant que l'on ne faisait pas assez attention à lui, s'éloigna. Il manifesta alors un intérêt soudain, pour un oiseau qui venait de se poser sur une branche.

— Quelle horreur ! Changé en statue de pierre ! s'écria Malandrin. Qu'allons-nous faire alors ? Que suggérez-vous ?

— Nous allons le passer aux rayons X, et essayer de découvrir ce qu'il y a à l'intérieur, avant de l'ouvrir. Qui est capable avec sa baguette de le transporter jusqu'au laboratoire ?

— Je veux bien essayer, répondit Malandrin, mais je ne sais pas si je vais réussir.

— Allons, courage ! Si tu veux, tu peux…

— Le courage, il peut avoir plusieurs formes, le mien, je ne sais pas laquelle il prendra si j'échoue.

— Tu as déjà fait preuve de beaucoup de bravoure devant un ennemi plus redoutable et plus dangereux, répondit Pauline, avec un large sourire. Si tu réussis, tu gagneras mon estime.

Il répondit à son sourire et dit :

— Je te remercie, Pauline, je serais très fier de gagner ton estime, je vais faire mon possible pour réussir.

Les élèves s'attroupèrent autour de lui. Perline, qui n'avait pas perdu son inexplicable frayeur, enfouit sa tête dans ses bras, dans l'attente de l'événement. Pauline la regarda, elle la soupçonnait d'être un peu comédienne.

— Malandrin, reprit la fée Morgiane. Pour le courage exceptionnel que tu manifestes, j'en référerai au professeur, car il reste encore quelques notes à distribuer. Qui veut être le prochain, si Malandrin échoue ?

— Moi, répondit Roberta, je veux bien être sur la liste.

— Très bien, tu seras la prochaine, même s'il réussit, tu resteras sur la liste pour la prochaine découverte.

Pauline comprit dans cette phrase qu'il allait y avoir d'autres découvertes et d'autres épreuves semblables.

Malandrin se pencha sur le coffre, sortit sa baguette de sous sa cape, et la pointa vers le ciel. Un silence se fit dans le parc, même les oiseaux cessèrent de chanter, et Météor, couché au pied de Pauline, ne bougeait plus.

Malandrin se tourna vers la reine.

— J'ai encore une question...

— Je t'écoute.

— Vous avez dit, « changé en statue de pierre »...

— Oui, ou en animal. Tu as peur ?

— Non, mais si cela arrivait, j'aimerais que vous fassiez parvenir ma statue, ou l'animal dans lequel je me serais transformé, à mes parents.

— C'est d'accord.

— Tu veux arrêter de dire des sottises ? intervint Roberta. Si tu veux, je peux prendre ta place.

— Non, je suis prêt, répondit-il, le teint un peu pâle mais décidé. J'y vais...

Pendant qu'il se préparait, qu'il cherchait la bonne formule, Pauline attrapa Météor et suivit les autres dans le laboratoire. Fée Morgiane avait ouvert un placard niché dans le mur de la salle des transformations, un écran de télé apparut.

— Venez ! Nous allons assister en direct à sa transformation.

— Vous pensez qu'il va réussir ? lança Pauline.

— Tout va dépendre, regardons comment il va s'y prendre, je sais qu'il en est capable s'il se concentre bien.

Ils regardèrent l'écran. Il semblait hésiter, fouillait dans sa mémoire à la recherche de la formule. Pauline l'avait en tête, elle concentra son esprit vers le sien.

— Regardez ! clama Roberta, sa baguette brille, le coffre est en train de bouger.

Leurs regards se figèrent sur l'image. Pauline sut alors qu'il avait capté la formule. Le coffre s'éleva, il n'eut qu'à le prendre dans ses bras, et n'avait plus qu'à les rejoindre dans la salle.

C'est alors qu'ils entendirent un terrible fracas, suivi d'une formidable explosion.

— Il a dû franchir la muraille de fer, dit la fée Morgiane. C'est un rayon qui entoure une partie du château, pour le protéger des sorciers. Mais d'où vient l'explosion ?

Sur l'écran, il n'y avait plus d'image.

— Que se passe-t-il ? Où est Malandrin ? Pourquoi cette explosion ? demanda Pauline à Morgiane.

— Je ne comprends pas, c'est certainement des interférences entre le château et la muraille de fer. Ou alors...

— Ou alors ? interrogea Pauline.

— J'ai dû mal interpréter le contenu du coffre...

— Mais alors... Malandrin... il est peut-être ? ...

— Devenu une statue de pierre ? poursuivit Roberta.

Les deux jeunes filles n'hésitèrent pas une seconde, elles agitèrent leur baguette qui les renvoya dans le parc, à l'endroit où Malandrin avait disparu. Elles ne trouvèrent qu'un trou profond, mais plus de Malandrin ni de coffre. Pauline était vraiment inquiète, où était-il ? Elle prit sa baguette et s'adressa à son amie.

— Écoute Roberta, je vais répéter la formule et essayer de retrouver Malandrin, la connais-tu ?

— Oui, je la connais, je viens avec toi.

— D'accord, nous ne serons pas trop de deux, alors rendez-vous... je ne sais où ?...

Elles lancèrent ensemble la formule et partirent dans les airs.

L'atterrissage fut un peu dur. Pauline arriva dans une forêt, alors que la nuit était tombée. Elle se releva et appela Roberta.

— Roberta ! Où es-tu ?

Elle n'obtint pas de réponse. Elle continua de l'appeler.

— Roberta ! Roberta !

— Je suis là, Pauline ! Regarde au-dessus de toi, je suis dans l'arbre !

— Mais que fais-tu ?

— Je ne sais pas, je crois que ma robe s'est accrochée, je ne peux plus bouger.

— Ne t'inquiète, j'arrive...

Pauline secoua encore sa baguette qui la propulsa dans l'arbre. Le jupon de Roberta était entièrement pris dans une branche. Pauline dut le déchirer pour la dégager. Elles faillirent tomber toutes les deux, mais elles eurent le temps de se rattraper.

— Que je suis maladroite, dit Roberta, heureusement que tu es là.

— Ce sont des choses qui arrivent, mais la prochaine fois, fais attention, je ne serai pas toujours derrière toi.

— Où sommes-nous tombées ? demanda Roberta.

— Je n'en ai aucune idée, c'est peut-être la forêt du château, je n'en suis pas certaine.

Elles regardèrent autour d'elles, espérant apercevoir une lumière, mais rien.

— On n'a qu'à... commença Roberta, quand un bruit d'ailes passa au-dessus de leurs têtes.

— Qui est là ? crièrent-elles.

— Bonjour, Pauline, c'est moi, Sésame, tu n'es pas seule à ce que je vois. Qui est cette jeune fille qui t'accompagne ? Et que faites-vous seule au milieu de la nuit ?

— Bonjour, Sésame, je vois que tu m'as reconnue, je suis avec Roberta, c'est une élève comme moi du château de fée Morgiane, nous sommes à la recherche d'un garçon, Malandrin, il a disparu avec un coffre. L'aurais-tu vu par ici ?

— Vous dites qu'il a disparu ? Et pourquoi donc ?

— C'est... c'est un secret, lui répondit Pauline.

Sa réponse ne le satisfaisant pas, il répondit :

— Si vous ne voulez pas m'en parler, je ne peux rien faire pour vous, petites filles. Au revoir.

— Non, ne pars pas, je vais t'expliquer. Écoute, reprit-elle un peu hésitante, je vais tout te dire.

Elle lui conta... il l'écoutait sans rien dire, quand Pauline eut fini, il répondit :

— En effet, j'ai vu ce jeune homme, il a choisi la plus belle nuit de l'année, c'est une chance exceptionnelle pour ce garçon...

— Que voulez-vous dire ?

— Vous êtes ici dans la forêt magique, seules des âmes pures y ont accès.

— Et comment peut-on y entrer ?

— Si vous connaissez la formule de la pierre et de l'arbre magique, cela vous sera facile.

Pauline resta stupéfaite. De quelle pierre et de quel arbre parlait-il ?

— Mais, Sésame...

— Je sais, je sais, vous allez encore avoir besoin de moi, répliqua-t-il. Aussi, je vous suggère de faire travailler vos méninges. Car c'est cette nuit que cela va se passer, et il n'y en aura pas d'autres avant longtemps.

Pauline chercha dans sa tête de quelle pierre et quel arbre il voulait parler, elle ne trouva pas.

— Pouvez-vous nous donner un indice, Sésame ?

— Hélas, je n'en ai pas le droit ! Mais si vos âmes sont pures, vous pouvez trouver sans mon aide.

Tout à coup, Pauline comprit, elle se tourna vers Roberta.

— Viens, j'ai trouvé, suis-moi... Merci, Sésame, balbutia-t-elle.

— Y a pas de quoi, Pauline, bonne chance...

Il disparut dans un grand bruit d'ailes. Elles retrouvèrent seules.

— Es-tu sûre d'avoir trouvé, et comment le connais-tu ?

— C'est une longue histoire. Je l'ai rencontré avant ma venue au château de la reine. À notre première rencontre, alors que je me croyais perdue, il m'est apparu, et m'a dit que j'étais sur le bon chemin. La seconde fois, il m'a ouvert une grosse porte derrière laquelle se cachait ma maison, elle était bloquée par un gros rocher. Il m'a dit qu'il ne pourrait le faire qu'une seule fois, ce qui voulait dire que c'était à moi de me débrouiller. Il est peut-être le gardien de ces lieux. Quant à l'arbre, c'est peut-être celui sur lequel il s'est posé.

Elle réfléchit un instant avant de prononcer la formule pour ne pas se tromper. L'arbre... la pierre...

Puis, tout s'éclaira, elle lança :.

— L'arbre ! C'est certainement celui sur lequel tu es tombée. Je n'ai plus qu'à trouver la pierre, elle ne doit pas être très loin.

Habituée à l'obscurité, elle arriva à se diriger. Elle scruta les alentours. Roberta tenait son bras, car elle ne voyait rien, elle n'avait pas ses dons de vues.

— Il est parti, demanda-t-elle, d'une voix fébrile ?

— Oui, il sait que je connais la formule, et que nous n'avons plus besoin de lui. Voilà la pierre, nous devons monter dessus.

Elle attrapa sa baguette, et demanda à Roberta d'en faire autant. Elle prit sa main, et lui demanda de répéter après elle…

— *Forêt magique, je suis Pauline Samer… J'ai trouvé la pierre et l'arbre magique…*

Au nom de Sésame, conduis-nous auprès de notre ami, Malandrin…

Roberta répéta. Au même instant, cette dernière étouffa un cri. Des milliers de lumières étincelantes se mirent à danser en cercle autour d'elles. Elles fermèrent les yeux, tant la lueur était aveuglante, Pauline la tenait fermement. Dans un tourbillon de lumière, elles partirent dans les airs…

— Ouvre les yeux, Roberta, nous sommes arrivées.

Elle les ouvrit doucement. Ce qu'elle vit alors la subjugua, et elle faillit tomber à la renverse. Un immense jardin, illuminé, rempli de bonbons, de gâteaux, de jouets, de jus de fruits… s'offrait à leur regard émerveillé, comme celui de tous les enfants du monde devant une telle vitrine.

— Que faites-vous ici ? dit une voix derrière elles.

Malandrin apparut, les lèvres barbouillées du chocolat qu'il tenait entre ses mains.

— Vous êtes en balade ?

— Nous te cherchons, grand sot, on te croyait perdu ! lança Pauline.

— Mais comment avez-vous su que j'étais ici ? Vous avez rencontré Sésame.

— Oui et toi ? Comment es-tu arrivé ici ?

— Je ne sais pas, le coffre était si lourd qu'il m'a échappé des mains. J'ai voulu le rattraper, et tous les deux nous sommes tombés dans cette forêt. C'est ainsi que j'ai rencontré Sésame, il m'a donné la formule pour me remercier d'avoir trouvé le coffre, et m'a offert cette nuit de rêve.

— Et où est le coffre ?

— Il est là-bas, je ne sais pas comment le rapporter.

— Gros nigaud, et comment voulais-tu faire pour repartir ?

— Je reconnais que je n'y ai pas encore pensé, il y a tant de bonnes et belles choses par ici. Venez voir, venez goûter ?

— Oh oui ! répondit Roberta. Il y a bien longtemps que je n'ai pas vu autant de friandises.

— Il y a aussi des jouets, des poupées, des jeux... C'est un véritable palais des merveilles.

Pauline ne participa pas à cette euphorie, elle restait sur ses gardes, toutes ces merveilles l'impressionnaient, mais l'inquiétaient en même temps.

— On ferait mieux de partir, dit-elle. Nous sommes venus te chercher, pas pour nous goinfrer de sucreries, qui risquent de nous rendre malades et nous empêcher de repartir.

— Oh non ! Laisse-moi le temps d'en goûter un peu, dit Roberta.

Pauline lui jeta son regard de velours noir. Elle ne pouvait pas lui permettre cette folie, elle sentait venir un danger. Tout cela était trop beau. Pourquoi Sésame les avait-il envoyées dans la gueule du loup ?...

Elle n'eut pas le temps de trouver la réponse, une forme mi-humaine, mi-loup apparut au milieu des jouets, il marchait droit sur eux.

Pauline ne perdit pas son sang-froid, elle lui fit face. Il possédait deux bras et deux jambes.

Elle s'avança en brandissant sa baguette magique.

— Désolée, dit-elle, mais on ne vous a pas invité, qui que vous soyez, disparaissez.

Pendant ce temps, tremblant de peur, Roberta et Malandrin s'étaient réfugiés derrière une immense sucette. Ils l'entendirent prononcer cette phrase :

— ***Monstruos du jardus gourmand, paralysussoubitus !***

Aussitôt, l'animal se cabra, un cercle lumineux le ceintura, il tituba et s'écroula dans les bonbons.

Pauline s'approcha de lui pour l'examiner de plus près.

— Est-il mort ? demandèrent-ils.

— Non, il respire, je l'ai seulement endormi. Nous devons partir maintenant, avant que la magie ne fasse plus d'effet.

Avant de quitter les lieux, Pauline se rendit du côté où elle avait vu surgir la bête. Elle dut pour cela survoler un lac de jus de fruits, dont elle but quelques gorgées en passant, il était délicieux. En arrivant de l'autre côté, elle aperçut le coffre qui était ouvert. Elle se pencha pour regarder l'intérieur, il était vide, mais elle aperçut un document dans le fond. Elle s'en empara, puis rejoignit ses amis.

Ils se prirent par ma main et Pauline, qui était la seule à connaître la formule du retour, la prononça. Quelques instants plus tard, ils atterrirent sur la terrasse du château, où ils furent accueillis par la fée Morgiane.

— Formidable, Pauline ! Tu as réussi. Je suis très fière de toi, je suis sûre que bientôt, tu vas pouvoir te mesurer à ces maudits sorciers.

— Merci, fée Morgiane. Diana est-elle de retour ?

— Non, elle a quelques problèmes dans sa dernière mission.

— Me permettez-vous d'aller lui donner un coup de main ?

— Je ne peux pas, il me faut l'approbation de la reine.

— Demandez-la-lui !

— Non, je n'y tiens pas. Tu dois attendre le résultat de tes examens, les professeurs sont en train de corriger les écrits. Je sais que c'est différent pour toi, mais je ne peux enfreindre le règlement, je suis désolée.

— Tant pis.

Elle s'éloigna, elle avait déjà une petite idée. Roberta et Malandrin la suivaient, ils lui étaient si reconnaissants qu'ils étaient prêts à faire n'importe quoi pour elle. Malandrin lui murmura.

— Si tu souhaites aider Diana, avec ou sans l'accord de la reine, je suis avec toi.

— Moi aussi, dit Roberta.

— On est tous deux avec toi, dirent-ils en cœur.

— Je vous remercie, mes amis, mais je n'ai pas le droit de vous entraîner, cela peut être dangereux. S'ils vous arrivaient quelque chose, je m'en voudrais.

— Nous ne craignons rien avec toi, tu es la plus grande fée du monde, tu viens encore d'en apporter la preuve.

— Il faut quand même que je connaisse le rôle qu'a joué Sésame, pourquoi nous a-t-il laissés aller dans cette forêt ?...

— Une chance que tu sois arrivée, fit remarquer Malandrin. J'aurais pu être dévoré tout cru. Je ne suis pas près d'oublier cette journée.

Ils arrivèrent dans la bibliothèque. Pauline s'assit dans un fauteuil, elle était un peu fatiguée. Malandrin et Roberta en firent autant.

Quelques minutes plus tard, après avoir pris un peu de repos, elle élabora un plan pour rejoindre Diana, sans attirer leur attention. Elle ne voulait pas qu'ils la suivent, car elle ne savait pas où elle était partie. Elle allait devoir se rendre auprès de la fée Morgiane pour lire en elle. Ce ne serait pas chose facile, car elle était méfiante.

Pendant qu'elle réfléchissait, Roberta et Malandrin dormaient encore, elle les avait gentiment endormis sans qu'ils s'en aperçoivent. Elle se leva, quand une petite boule claire à quatre pattes apparut. Météor avait senti sa présence, il arriva la queue battante.

— Météor, mon bon chien, tu m'as manqué...

Il se mit sur le dos, attendant que sa maîtresse le caresse et lui gratte le ventre, chose qu'il adorait et qu'elle fit. Pendant ses absences, il avait été convenu que Perline s'en occupe, cette dernière ne tarda pas à les rejoindre.

— Chut ! Ne fais pas de bruit, dit-elle tout bas, ces deux-là dorment. Viens, allons dans notre chambre, j'ai à te parler.

Elle la mit au courant de son projet d'aider Diana. Elle lui faisait entièrement confiance, elle le lui avait prouvé à plusieurs occasions.

— Tu sais que nous devons quitter le château après les résultats, il faudra que tu sois de retour avant.

— Je sais, ne t'inquiète pas, je serai de retour au bon moment. S'il m'arrive quelque chose, demande à la fée de m'envoyer Météor, je suis sûre qu'il me retrouvera, il a un excellent flair.

— D'accord, dit Perline. Mais je t'en prie, fais attention à toi.

— Je te le promets. Je vais aller voir la fée Morgiane, je dois savoir où se trouve Diana.

Chapitre 16

Le monstre à trois têtes

Elle n'eut pas besoin de lire dans l'esprit de la fée Morgiane. Cette dernière, très inquiète, savait qu'elle était en danger. Elle avait d'ailleurs dépêché Phéddo pour lui venir en aide, mais lui non plus ne donnait pas de nouvelles, et aucun n'apparaissait sur ses écrans de contrôle. Cela suffisait pour demander à Pauline d'aller à leur recherche. Surtout que depuis la bataille avec les sorciers, on n'avait plus entendu parler d'eux. Il était à craindre qu'ils ne soient pas étrangers à cette situation, ils avaient dû attendre dans l'ombre leur vengeance. Leur reine ayant disparu, ils avaient dû en nommer une autre, et les craintes de la fée Morgiane étaient justifiées.

Elles ne prononcèrent aucun nom, mais ils étaient dans leur esprit.

— M'autorisez-vous à aller les chercher, fée Morgiane ?

— Je crois que je n'ai pas le choix, ils ont disparu tous les deux de mes écrans et je ne capte aucun message.

— Me permettez-vous d'essayer ?

— Oui, tu auras peut-être plus de chance que moi. Je commence à me faire vieille, mes pouvoirs diminuent, je ne suis plus assez active.

Elle prit place devant son ordinateur, et l'orienta vers Pauline.

— Avez-vous un code, un mot de passe ?

— Oui, excuse-moi, il est inscrit sur le côté.

Pauline le fit rapidement. Ses doigts glissaient sur le clavier, comme une caresse.

L'ordinateur s'éclaira, les images de la terre apparurent.

— Quelle est leur destination ?

— Elle s'est rendue dans le midi de la France, il y a eu de nombreuses inondations, son travail consistait à sauver le plus de gens possible, d'autres fées sont ailleurs, car plusieurs départements sont touchés.

— C'est sûrement à cause de l'eau que les communications ne passent pas, leurs baguettes doivent être humides. La mienne est étanche.

— Alors, dépêche-toi, tu as ma bénédiction. Dès que tu seras rentrée en contact avec eux, fais-le-moi savoir rapidement. Je vais envoyer un message à la reine pour ton départ. Je vais certainement me faire taper sur les doigts, mais elle non plus n'a pas de nouvelles...

Pauline la remercia, puis sortit.

Elle arriva rapidement dans sa chambre, où la brave Perline lui avait préparé ses affaires, de vieux vêtements et sa baguette.

— Merci, Perline, tu as compris.

— Oui, il m'arrive d'écouter aux portes.

Pauline lui sourit, elle agita sa baguette, et se retrouva habillée avec ses anciennes guenilles. Sa baguette étanche dans la doublure de sa cape, avant de partir, elle lança à Perline.

— À bientôt, mon amie, ne t'inquiète pas. J'espère les trouver assez vite.

— Bonne chance, Pauline, reviens-nous avec de bonnes nouvelles.

Puis elle disparut dans un nuage de lumière.

Elle arriva au milieu d'une clairière que l'eau n'avait pas encore recouverte. Elle réussit à diriger sa trajectoire sur un terrain sec, mais très vite, elle se retrouva les pieds dans l'eau. Il pleuvait abondamment, un véritable déluge s'abattait sur cette région. L'orage grondait, les éclairs fusaient de tous côtés, elle se mit à l'abri pour prier. Elle invoqua le Dieu du ciel pour lui venir en aide. Elle n'eut pas longtemps à attendre, la pluie cessa presque aussitôt, elle se remit en chemin. Elle entendit un bruit d'avion, c'était un hélicoptère qui survolait une maison. Elle agita sa baguette et se retrouva sur son toit, où une jeune femme et sa fillette, serrées l'une contre l'autre, attendaient du secours.

Sa venue par les airs ne les troubla même pas, tant la joie de voir quelqu'un était un heureux présage. Elle les aida à s'hélitreuiller. Pour les secouristes, elle s'était rendue invisible, inutile de leur faire peur ni d'ameuter les médias, ce n'était pas le moment. Seules la fillette et la femme la voyaient, mais dans leur état, qui les croiraient ?

Pauline continua son chemin par les airs. Il y avait de nombreux véhicules abandonnés par la montée des eaux. Elles se chevauchaient les unes sur les autres. La terre ressemblait à un immense lac. Partout, ce n'était que désolation, tout était sous l'eau. Elle aperçut une voiture, où deux personnes, perchées sur son toit, agitaient un linge blanc, elle s'y dirigea.

Un homme et une femme attendaient que l'on vienne les secourir. Ils étaient transis de froid. Elle posa ses pieds sur l'eau. Comme avec les autres, ils ne la voyaient pas. Si tout le monde racontait la même chose, cela paraîtrait bizarre, et elle n'avait pas envie qu'ils soient pris pour des fous. Ils ne virent que l'éclair qui entoura la voiture, ce n'était pas un éclair d'orage, mais ils le crurent.

Aussitôt l'eau se retira, ils purent alors redescendre sur la terre ferme, sans comprendre comment l'eau s'était retirée aussi vite. Ils marchèrent quelques instants, quand un camion de pompiers arriva vers eux. Pauline reprit la voix des airs.

Elle savait que Diana et Phéddo n'étaient pas loin, elle sentait leur présence, mais elle n'arrivait pas à les localiser. C'était dû à toute cette eau qui brouillait les fréquences. Elle suivit un moment son instinct.

Elle se dirigea vers un village, perché au sommet d'une colline, là, les habitants étaient au sec. Elle aperçut une grotte et vit un objet briller sur le sol. Elle s'y dirigea.

Pour sauver ses amis, elle était prête à affronter tous les dangers. Elle sentait la force de ses pouvoirs la submerger. Bien qu'encore novices, ils prenaient le dessus. Mais elle resta prudente.

À peine les pieds sur la terre ferme, elle aperçut l'entrée de la grotte. L'objet brillant jetait de petites flammes, elle s'en approcha, c'était une baguette magique. Elle la ramassa, l'examina, la reconnut, c'était bien celle de Diana, comment avait-elle pu la perdre ? Elle s'enfonça dans la brèche. Elle n'était jamais allée sous la terre, ce lieu était mystérieux. Qu'allait-elle découvrir ?...

Qui habitait ces lieux ? Ses yeux s'habituèrent rapidement à l'obscurité, elle regarda autour d'elle, il n'y avait pas d'autre issue.

— Voyons un peu où cela va me conduire...

Pour se rassurer, elle parlait à voix basse...

— J'ai avec moi deux baguettes, mais je ne peux me servir que de la mienne. J'ai l'élixir que j'ai fabriqué pour chasser les mauvais esprits, j'ai une boîte d'allumettes et une bougie. Commençons par l'élixir, on ne sait jamais, je sens quelque chose qui ne m'inspire pas.

Elle déboucha le flacon, en versa quelques gouttes autour d'elle. Elle poursuivit son chemin.

Elle marchait depuis un moment quand elle aperçut une lueur.

— Y aurait-il des humains dans cette grotte ? dit-elle tout bas.

Elle n'était pas trop rassurée, ne connaissant pas ce monde, elle s'attendait à tout.

Elle s'approcha de plus en plus de la lueur, pour finalement arriver dans une salle éclairée par un immense brasier. Il n'y avait personne en vue, elle s'avança vers les flammes, et là... stupéfaite... elle les vit...

Diana et Phéddo, ligotés sur un bûcher, encerclé par les flammes. Heureusement, elles ne les avaient pas encore atteints.

Diana sentit sa présence, elle leva la tête et la vit.

— Pauline ! Attention ! Il y a un énorme monstre dans la grotte, il ne doit pas être loin.

— Ne craignez rien, j'ai ce qu'il faut pour l'éloigner.

— Je crois que Phéddo est mal en point, il s'est battu avec lui, il est blessé à la tête.

En effet, elle vit du sang sur son visage.

— Je vais te délivrer, Diana, nous nous occuperons de Phéddo après.

— Comment vas-tu franchir les flammes ?

— Je vais d'abord essayer avec une formule, si cela ne marche pas, je trouverai bien un autre moyen.

Elle réfléchit un cours instant, puis, marmonna une courte phrase... mais sa baguette ne lança que quelques petits éclairs. Les flammes avançaient vers les prisonniers, il fallait faire vite avant qu'elles ne les atteignent.

— Comment vas-tu faire ? cria Diana.

— Laisse-moi réfléchir un instant.

Pauline se creusait la tête à la recherche de la formule, elle l'avait lue dans le livre de sa mère, mais elle était si stressée que tout se mélangeait dans sa tête.

— J'ai trouvé ! lança-t-elle.

Diana ne la quittait pas des yeux, elles échangèrent un regard, Pauline lui sourit.

— J'arrive, Diana !

Elle se souvint que, dans la poche de son vieux manteau, elle avait toujours une petite fiole qui ne la quittait jamais. Elle ignorait qui la lui avait remise, mais désormais, elle devinait. Chaque fois qu'elle s'était sentie mal dans sa première vie, elle la prenait dans ses mains, ce simple contact lui faisait alors oublier sa misère. Elle se rappela qu'un jour, sa mère, après avoir mis du bois dans la cheminée pour faire un bon feu, il brûla si fort qu'il embrasa le conduit qui n'avait pas été ramoné depuis longtemps. Sa mère, affolée, sortit en courant chercher du secours. Pauline, restée seule, regardait les flammes qui allaient atteindre le salon, elle voulait s'enfuir. C'est en enfilant son manteau qu'elle la trouva. L'idée germa. Elle ouvrit la bouteille, et jeta son contenu dans les flammes. Ce n'était que quelques gouttes d'eau, mais à elles seules, elles éteignirent en quelques secondes le feu. Quand les pompiers arrivèrent, tout était fini. Ils ne comprirent jamais comment le feu s'était éteint.

Pauline n'avait plus jamais ouvert la fiole, elle eut soudain une crainte.

— Pourvu qu'elle ne soit pas vide !

Elle l'ouvrit. Et, ô miracle ! Elle ne l'était pas. Elle jeta son contenu dans le brasier, en une seconde le feu s'éteignit.

— Remarquable ! lança Diana. Ça, c'est de la magie.

— J'ai eu de la chance.

Elle les détacha, Pheddo était toujours inconscient.

— Comment va-t-on faire pour le transporter ?

— Nous avons perdu nos baguettes, je ne peux rien faire sans elles, nous allons le mettre en lieu sûr et chercher, répondit Diana.

— J'ai retrouvé la tienne à l'entrée de la grotte, c'est ce qui m'a guidé jusqu'à vous.

À cet instant, un long grognement se fit entendre.

— Tu as entendu ? Il revient, il faut s'éloigner.

— Qui est-il ?

— C'est un bélier à trois têtes, il est monstrueux. Il a des bras et des pieds comme les humains, ses trois têtes ont des cornes de béliers, ils lancent des flammes par les narines, c'est ainsi qu'il a allumé le feu.

— C'est lui qui vous a attachés ?

— Je ne sais pas, nous étions inconscients. Donne-moi ma baguette, à nous deux, nous allons peut-être réussir à sortir de ce trou.

Elles prirent Phéddo par le bras et ensemble agitèrent leur baguette, mais rien ne se passa.

— Elles sont trop humides.

— Pas la mienne, elle est étanche, mais pour nous trois, elle ne va pas être assez puissante, comment allons-nous faire ?

— Il y a un passage là-bas, allons-y.

Elles s'y engagèrent. Elles traînaient Phéddo qui, peu à peu, reprenait connaissance. Elles parcoururent quelques dizaines de mètres.

— Tu entends ? dit Diana.

Pauline écouta le bruit venant de loin, mais elle entendit aussi de l'eau couler.

— Il doit y avoir un cours d'eau par là, allons-y, il y a peut-être une issue...

Elles arrivèrent au bord d'un petit torrent, qui descendait de la montagne. Pauline aperçut une petite grotte.

— Déposons Phéddo ici, je pense qu'il ne craint rien, l'endroit est sans issue et sec. Nous allons chercher un passage.

Mais ce que Pauline avait oublié, c'est que son élixir perdait peu à peu de ses effets et que la bête approchait. Il était si proche qu'elles en eurent des frissons.

— Nous n'allons pas avoir le temps d'aller bien loin, le monstre arrive.

En effet, il avait franchi le passage, Pauline le vit. Tout à coup, sa peur disparut.

— Il faut le cerner ! cria-t-elle. C'est le seul moyen de le contrer.

— Oui, j'ai compris ta stratégie, allons-y.

— Prête ?

— Oui, c'est parti.

Pauline se planta devant le monstre qui, surpris, recula. Elle le fixa ses yeux du milieu, Diana en fit autant sur les seconds. Phéddo, qui avait retrouvé sa forme, se planta lui aussi devant le monstre, prenant les troisièmes.

Tous les trois lancèrent leur poudre magique. Pauline récita la formule de transformation, les deux autres en firent autant. La bête, bloquée de tous côtés, se mit à rugir, des flammes sortirent de ses narines sans les atteindre, il se tortillait dans tous les sens. En quelques secondes, la formule avait fait son effet, l'animal commença à se disloquer. Ses jambes s'enfoncèrent dans la terre, puis le corps, les bras, pour disparaître totalement.

Diana venait de voir pour la première fois comment devenaient les yeux de Pauline, lorsqu'elle fixait un monstre. Un filet de lumière, brillant comme un laser, l'avait frappé en pleine tête. Elle lui sourit.

— Merveilleux, je n'avais jamais vu comment fonctionnent tes yeux, c'est stupéfiant. Comment fais-tu ?

— Je n'en sais rien, c'est naturel. Ne nous attardons plus, ces lieux ne m'inspirent pas.

Phéddo se frotta les mains.

— Nous l'avons bien eu, nous avons réussi.

— Comment te sens-tu ? demanda Pauline.

— Merci à toutes les deux, vous m'avez traîné jusqu'ici, vous m'avez sauvé la vie. J'ai un peu mal à la tête, mais cela passera.

— Je suis heureuse que tu ailles bien, mais sais-tu où est ta baguette ?

— Elle est dans ma poche, je ne l'ai pas perdue, mais elle était inutilisable avec toute cette humidité. Notre mission est bien compromise.

— En quoi consistait-elle ? demanda Pauline.

— Nous devions creuser un trou jusqu'au centre de la terre pour que l'eau s'y déverse.

— Comment comptiez-vous vous y prendre ?

— Nous devions nous transformer en taupes, répondit Diana, pour creuser des galeries, mais nos baguettes n'ont pas fonctionné.

— Il faut… euh… quoi ? … qu'on se transforme en taupes ? répéta Pauline.

— Si on veut réussir notre mission, il faut…

Ils se mirent à rire tous les trois. Cette idée de devenir une taupe les amusait.

— Puisque c'est nécessaire, allons-y, mais seule ma baguette fonctionne, je ne vais pas pouvoir nous transformer tous les trois.

Mais cette idée de se transformer en taupe ne plaisait pas trop à Pauline. Elle eut alors un souvenir. Elle s'adressa à Diana.

— Tu te souviens lorsque tu es arrivée au château, le professeur t'a posé quelques questions concernant les inondations.

— Oui, je m'en souviens très bien : « Pour éviter que ce torrent de boue ne déferle sur ce village qu'il va d'engloutir, avec ma baguette magique, j'ouvrirai la terre pour que l'eau et la boue s'y écoulent. »

Je te propose de lancer la formule que je connais. À nous trois, cela peut marcher.

— Nous n'avons que deux baguettes, la mienne étant inutilisable.

— Ce n'est pas grave, avec deux ça suffira, mais il faudra que Phéddo prononce l'incantation en même temps que moi. Toi, tu te serreras contre nous.

Aussitôt dit, aussi fait. Pauline parla à l'oreille de Phéddo, puis lança :

— *Roi de la terre et de l'eau, je suis Pauline Samer. Avec mes amis, nous avons besoin de votre aide, donnez-moi la formule qui sauvera plusieurs villages. De nombreuses personnes sont en danger et risquent de mourir noyées.*

C'est alors qu'un rayon bleu l'encercla, et son visage s'illumina. Ils comprirent que les rois lui parlaient. Lorsque le rayon bleu disparut, elle avait un merveilleux sourire.

Elle les appela, et leur demanda de regarder ses lèvres, pour lire la formule. Ils devaient la prononcer, sans qu'aucun son ne sorte de leur bouche. Ils plongèrent leurs yeux sur sa bouche et lurent. Il n'y eut aucun bruit, mais à peine avait-il fini leur lecture que la terre se mit à bouger.

— Que se passe-t-il ? lancèrent Phéddo et Diana.

— Rien, tout est normal. C'était la bonne formule. Il ne nous reste plus qu'à partir.

— Tu vas pouvoir m'expliquer ? demanda Diana.

— Plus tard, lorsque nous serons rentrés au château. Il ne faut pas en parler ici.

— Oui, excuse-moi, répondit-elle.

— Il nous reste encore deux actions, car l'entrée est bouchée par la boue et derrière, il y a certainement un mur. Il nous faut des pelles, nous allons les faire apparaître. Il y a certainement de l'eau de l'autre côté. Je traverserai le mur pour le savoir.

Les pelles apparurent, et commencèrent sur le champ à creuse, jusqu'à ce qu'il s'agrandisse. Avec sa baguette, elle prononça une autre phrase.

— *Pelles, écoutez-moi ! Je vous ordonne d'évacuer cette eau et boue rapidement.*

Elles se mirent à ronronner comme des marteaux piqueurs, et en l'espace de cinq minutes, tout avait disparu.

Pendant qu'il dégageait la terre, Pauline se mit à chantonner sur l'air de *Hé Ho*, la chanson des sept nains.

Creusons ! Creusons ! Ensemble, nous arriverons.

Le cœur joyeux, pour chasser l'eau, alors, creusons !

Creusons ! Creusons !

Pour enlever la terre, sauver ces gens et leurs maisons.

Creusons ! Creusons !

Diana et Phéddo reprirent en cœur la chanson.

***

— Il nous reste à traverser le mur et voir ce qu'il y a derrière, dit Pauline. Si tout va bien, j'ouvrirai une brèche pour vous faire sortir.

— Tu en as fait beaucoup pour nous, laisse-moi aller à ta place, ma baguette est sèche, dit Phéddo.

— Non, pas question que tu sois seul, je vais le faire, cela fait maintenant partie de mon travail.

— Tu as raison...

Elle disparut à la vitesse de l'éclair, ils n'eurent pas le temps de voir le mur s'ouvrir, d'un coup, il s'écroula.

Il n'y avait plus d'inondation, les rois avaient fait le travail.

— Maintenant, nous pouvons disparaître et rentrer au château, dit Pauline.

Ils prirent le chemin du retour, repassèrent par où le monstre avait disparu.

Il ne restait plus aucune trace. L'énorme trou avait englouti toute l'eau. Ils virent les habitants rejoindre leur maison. Pauline s'assura qu'il n'y avait plus de danger.

— Allons voir si tout se passe bien.

Ils atterrirent sur la terre ferme et sèche.

— Mission accomplie ! lança-t-elle.

Mais Pauline sentait un autre danger, d'où venait-il ? Elle les informa.

— Tu es sûre, dit Diana ?

— Certaine.

Elle ne croyait pas si bien dire, une voix résonna à son oreille.

Chapitre 17

La défaite de Jennifer

— Vous avez détruit mon bélier ? Vous allez payer pour cela.

Les traits de Diana et Phéddo prirent une expression de peur. Pauline écoutait cette voix, elle l'avait reconnue.

— Je ne te vois pas, mais je sais qui tu es. Jennifer...

Un rire caverneux lui répondit :

— Bien, bravo, Pauline ! Vous êtes en ce moment à ma merci, et j'ai un avantage, je vous vois, mais pas vous. Mon bélier n'a pas réussi à vous tuer, alors je vais le faire à sa place. Vos baguettes sont inutilisables dans ces lieux trop humides.

Ce fut sa première erreur, elle ne savait pas que celle de Pauline était étanche.

— Allons ! Montre-toi, puisque nous sommes à ta merci.

Pauline réfléchissait à toute vitesse, elle ne devait pas lui laisser le temps de réagir. Jennifer se planta devant elle.

— Me voici ! Alors, qui va périr le premier ?

Pauline se glissa lentement sur le côté, pour se trouver face à elle sans qu'elle la remarque. Jennifer s'adressa à Diana.

— Alors, belle Diana ! Te voilà à ma merci. Combien de fois ai-je rêvé de combattre ta gentillesse, ta beauté, surtout ta bonté. Et toi, Pauline, tu as peut-être trouvé le miroir, mais pas encore tes parents, si tu les retrouves un jour ! dit-elle sarcastiquement. Ce n'est pas près d'arriver.

Pauline serrait les dents pour ne pas lui foncer dessus. Elle l'avait bien face à elle. Ses yeux plongèrent dans les siens au moment où elle ne s'y attendait pas. Ils s'illuminèrent et jetèrent leur rayon laser paralysant, puis, avec sa baguette, elle sortit une multitude de pointes d'acier qui allèrent se planter dans les mains et les pieds de Jennifer. Elle se retrouva clouée contre le tronc d'un énorme sapin.

— Venez vite, dit-elle à Diana et Phéddo, cette magie ne dure pas longtemps, mais suffisamment pour finir notre travail.

Diana se tenait derrière Pauline, elle frappa dans ses mains.

— Tu es extraordinaire, lui dit-elle, je me demande comment tu fais tout ça, il faudra que tu m'apprennes certains trucs.

— Bien sûr, quand nous aurons plus de temps.

Ils s'enfuirent rapidement en prenant leur envol. Le trajet fut rapide et la vue de la terrasse des départs les rassura.

Après s'être débarrassés de leur tenue, Diana et Phéddo essayèrent leurs baguettes. Elles fonctionnèrent.

— Il va vous en falloir d'autres pour ces missions.

— Tu as raison, cette expérience va nous servir de leçon.

Un vent souffla fort. La reine arriva.

— Comme je suis contente de vous voir, j'ai eu très peur. J'ai tout suivi sur mon ordinateur. Pauline, tu as été merveilleuse. Vous deux aussi, et je suis d'accord pour l'achat d'autres baguettes. Quant à toi, Pauline, tes pouvoirs se renforcent de jour en jour. Tu as pensé au Dieu du ciel et de la terre. C'était très ingénieux. Pourras-tu me donner la formule ?

— Non, ma tante, je n'en ai pas le droit sous peine de perdre mes pouvoirs. Ils me l'ont interdit, à vous aussi, en s'adressant à Phéddo et Diana, je suis désolée.

— Ne le sois pas, nous comprenons. Tu sais, Jennifer est toujours clouée sur l'arbre, dit la reine.

— J'en suis bien contente. Elle ne perd rien pour attendre. Je sais maintenant dans quel camp elle se trouve. Elle est devenue une féroce et terrible sorcière. Je vais souvent la retrouver sur mon chemin, mais je suis prête à la combattre.

Pauline venait encore une fois de prouver sa supériorité, mais elle devait rester vigilante, ce qui ne serait pas facile.

Diana interrompit sa méditation.

— Je sais à quoi tu penses, ne t'inquiète pas, nous sommes avec toi. Nous retrouverons tes parents, même si nous devons affronter d'autres monstres.

— Merci, Diana, il y a tant d'autres choses à faire, et que j'aimerais apprendre.

— Tu apprends si vite que le temps n'est pas un problème pour toi.

Phéddo gardait le silence, il le brisa.

— Puis-je poser une question ?

— Bien sûr, laquelle ?

— Vous n'avez pas envie d'un bon repas ? Moi, j'ai une faim de loup.

— Moi aussi, répondit Diana.

— Vous avez raison, allons nous restaurer, nous en avons bien besoin.

— C'est pareil pour moi.

— Alors, en route, je sens qu'un bon repas nous attend.

Ils partirent, accompagnés de la reine, car il lui fallait demander à Mama Louche de leur préparer un bon repas. Elle n'obéissait qu'à elle.

Ils étaient installés dans la salle du restaurant quand Mama Louche entra. Comme à son habitude, elle bougonna dans son patois. Ils se mirent à rire en silence, car de bonnes odeurs chatouillaient leur narine.

Après cet excellent repas, ils eurent une pensée pour ceux qui venaient de subir les inondations.

Pauline prit la parole.

— Les terriens n'ont pas fini de reconstruire et de réparer leurs maisons. Les hommes ont trop longtemps ignoré la nature, ils ont trop bétonné et, de temps en temps, elle reprend ses droits. Heureusement que nous veillons, mais il y a beaucoup à faire. Nous ne sommes pas assez nombreuses, surtout que le malin guette et qu'il nous faut les combattre...

Après une bonne restauration, un bon repos s'imposa. Ils prirent le chemin de leur chambre.

Le lendemain, ils repartiraient vers d'autres missions...

Alors, à bientôt, dans la suite de leurs aventures...

À suivre

Biographie

Je suis née le 1er avril 1943 à Toulon. Mon histoire (celle de ma famille), j'ai commencé à l'écrire en 1985, à la suite d'un grave accident de la route dont mon fils a été victime pendant son service militaire. À cette période, j'étais aide-soignante à l'hôpital d'Alençon, dans l'Orne. Ayant beaucoup de mal à m'en remettre, j'ai trouvé l'écriture comme thérapie. Au début, je ne savais pas trop comment m'y prendre. J'avais tellement de choses douloureuses en moi. Finalement, tous les drames vécus dans ma famille sont remontés à la surface. Il m'a fallu longtemps avant de pouvoir narrer ce que nous avions subi. Je pense avoir réussi dans mes livres ***Été 1944***, où j'évoque avec beaucoup de pudeur les premières années de ma vie, en commençant par la guerre. Mon père a dû rejoindre la résistance. Ma mère, restée seule avec ses quatre enfants, s'est finalement exilée pour chercher la tranquillité. Mais celle-ci fut de courte durée. Une nuit d'orage, un terrible accident survint. Mon frère, ma sœur et moi fûmes blessés et conduits, non sans mal, à l'hôpital. Après la guerre, la vie aurait dû être meilleure, ce ne fut cependant pas le cas. Les études, les premières amours, rien ne sera facile. Heureusement pour moi, le retour de mon père fut libérateur.

Mentions légales

ISBN : 979-10-348-1182-3
ISSN : 2608-8665

Evidence Editions
ZAI Bel Air
17230 Andilly

Site Internet : www.evidence-editions.com
Boutique : www.evidence-boutique.com

Dépôt légal mai 2019

Achevé d'imprimer chez SoBook le 30-11-2021

Linselles - France

N° impression : 739 310